郁《いく》達《たつ》夫《ぶ》研究

胡金定 著

東方書店

序――胡金定さんと郁達夫研究のこと

松本　健一

わたしが中国福建省出身の胡金定《フーチンテン》さんの『郁達夫研究』の序文を書くについては、二十年まえの出会いが大いに関わっている。それゆえ、私的な思い出から話をはじめることを許していただきたい。

一九八三年の三月から八月まで、わたしは北京語言学院に置かれた「日本語研修センター」の教師だった。「日本語研修センター」というのは、一九七二年の日中国交回復のあと、中国各大学の日本語・日本文学研究の若手教師たちを北京に集め、より高度の教育をほどこす目的の機関だった。このプロジェクトを推進した当時の大平正芳首相の名をとって、「大平学校」ともよばれる。もっとも、施設というほどのものは何もなく、語言学院（現、北京語言大学）の一角を間借りしているだけの学校だった。

それでも、中国全土から集められた若手教師たちの数は、一期（一年）で百二十人に及び、所属大学も四十をこえ、中国が外国人に国内を開放し、近代化にむけてスタートを切ったばかりであったこともあり、なかなか活気にみちていた。当時はまだ、北京西郊の盧溝橋から先に外国人は渡れない状態で、どこにいくにも許可証が必要だった。学校でも、わたしが中国の文化大革命に言及すると、学生たちがすばやくドアや窓を閉じにゆく、といった行動を示す微妙さもあった。毛沢東が亡くなってからまだ七年しか経っていなかったのだったから、それも当然のことであった。

わたしが担当していた講義は、「言語コース」と「文学コース」とに分かれていた。後者には三十二人の履修者がおり、胡金定さんはその一人だった。彼は厦門大学で日本語の講師をつとめる二十六歳の青年だった。ちなみに、教師のわたしは三十七歳だった。

「文学コース」の専門の教師はわたし一人で、講義のテーマは、日本文学史はもちろん、夏目漱石、志賀直哉から大江健三郎に至るいわゆる純文学から、中里介山、松本清張から五木寛之に至るいわゆる「大衆文学」もしくはエンターテイメントまで、それこそ日本文学全般にわたっていた。当時の日記をみると、胡金定さんは夏目漱石についてのレポートを書き、森村誠一を訳して出版していたことがわかる。

そういった二十年まえの日記からは、胡金定さんがその後、「郁達夫と日本文学」といった研究テーマで著書をあらわすような気配は、まだあまり現れていない。ただ、かれが「言語コース」の講義にあまり興味をもたなかったらしいことは、わたしの宿舎を友人たちとたずねてきたときに漏らした口吻で何となくわかった。

たとえば、あるときかれが日本語の先生に「この教科書はあまりに程度が低い」といったところ、「それじゃあ試験をやって、みんな百点なら、もっと程度が高いものにしましょう」といいかえされてしまったということであった。「僕の胸はいたみました」と若い胡金定さんは悲しそうな顔をした。

しかし、そういう二十年まえの懐かしい思い出だけで、わたしが胡金定さんの『郁達夫研究』の序文を書く気になったのかというと、それは違う。それは、わたしの師といえなくもない竹内好さんの、東京帝大支那哲学支那文学科における卒業論文（昭和八年提出）「郁達夫研究」に重なっているからなのだ。わたしは竹内好さんの大学での学生でもなければ、「中国の会」の会員だったわけでもない。文字どおりの私淑である。そのこともあって、一九八〇年に刊行された竹内好全集では、編集委員をつとめていた。ともかく、一九七五年に『竹内好論――革命と沈黙』を刊行していたわたしとすれば、当然、竹内さんがその卒業論文を短く纏めた「郁達夫覚書」（昭和一二年）という文章を読んでいた。それによって、竹内さんが好んで使った「沈淪」という言葉が、郁達夫の出世作となった小説のタイトルから来ていることにも気づいたのだった。

わたしは北京の「日本語研修センター」の講義で、郁達夫のことにふれた記憶はない。しかし、文学から一寸はなれたかたちで行なった特別講義では、「辛亥革命と日本人」「日中戦争と日本人」「わたしの文学的歩み」などを話しており、それらのなかで竹内好について、ふれた記憶がある。

それに、日本人の中国文学研究者から、中国にいったら郁達夫についての本をなんでもいいから買ってきてくれ、とたのまれており、北京では見付からなかったが、郁達夫の故郷近くの上海に旅行に行ったら見付かった、と宿舎をたずねてきた学生たちに話した憶えがある。

ところで、竹内好の「覚書」では、郁達夫は魯迅に匹敵する文学者として扱われていた。「(郁達夫は) 広さに於いて魯迅に劣り、深さに於いて優る。この人を除いて新文学はない」と。

とはいえ、竹内好さんの関心も、一九四、五〇年代以後の中国文学の流れも、しだいに郁達夫から離れてゆき、魯迅のほうへと集中していった。中国文学が郁達夫への関心をとりもどしたのは、一九八〇年代に経済発展がはじまって以後のことらしい。これは中国が経済発展を遂げることによって、文学のテーマが個人の内面、個我の歴史のほうに移ったことと関わりをもつかもしれない。そのことによって、研究テーマとしての郁達夫が復活したとおもわれる。かつて竹内好さんも注目し、胡金定さんもいま関心をもっている郁達夫とルソー、あるいは自我絶対主義者のシュティルナーとの内的関連がより大きく浮上してきているということかもしれない。いずれにせよ、魯迅とは別の中国文学の鉱脈の可能性をこんにち郁達夫の文学は示唆しているのだろう。

郁達夫が大正時代の日本に留学して、そこで志賀直哉、佐藤春夫、葛西善蔵の小説 (「私小説」の系譜) に注目したことなどについては、本書でも詳しくふれられているところである。「沈淪」と佐藤春夫の『田園の憂鬱』との関係については、従来も指摘されていた。しかし本書では、その小説の研究とともに、かれの読書や日記といった分野についての研究もすすめられている。そういった郁達夫の全体的研究が、これからの中国文学研究に、そうして日本文学、ひいては日中の文学連鎖の研究に、どのような波紋を描いてゆくか。わたしは楽しみに見守っている。

目次

序──胡金定さんと郁達夫研究のこと（松本健一） i

Ⅰ 郁達夫の小説の特徴……3

Ⅱ 郁達夫の小説と日本文学……17

Ⅲ 郁達夫の小説における美学と作風の変遷……43

Ⅳ 郁達夫の小説における感傷……49

Ⅴ 郁達夫の日記について……53

Ⅵ 郁達夫と西洋文学……69

Ⅶ 郁達夫における西洋の哲学・文学理論の受容……83

Ⅷ　郁達夫の詩について……99

【資料】郁達夫小説一覧（付・一九三四年の創作中断について）　123
初出一覧　129
あとがき　131

郁達夫研究

Ⅰ　郁達夫の小説の特徴

はじめに

郁達夫（一八九六〜一九四五年）は中国現代文学史上において独特の創作方法を持つ作家として注目されている。[1] 彼は小説や散文、古典詩（中国では「旧体詩」と呼ぶ）などの分野で大きな成果を挙げた。特にその小説は力強い主観、感傷的・抒情的な詩風、軽妙な筆致を併せ持ち、中国の伝統的な小説とは異なった特色が見られる。彼の小説の特徴は物語の構成や主人公の細やかな性格描写ではなく、主人公の心理と情緒の変化を描き、それによって、率直かつ主観的に感情を表現することである。彼のこのような創作方法は近代中国小説に大きな影響を及ぼした。他の作家から影響を受けつつも、彼は自分なりの文学的思想と芸術的個性を創造し、到底他人が模倣できないような境地に達したのである。

郁達夫は一六歳で留学した日本で高校教育と大学教育を受け、[2] デビュー作「沈淪」を執筆した。日本文化と日本文学は彼に大きな影響を及ぼした。また、日本で初めて触れた諸外国の文学作品からも彼は多くを吸収した。一〇年間の日本留学経験は郁達夫本人と彼の創作活動に決定的な影響を及ぼしたといえよう。

「沈淪」は彼の日本留学中の経験をそのまま題材にした小説で、一九二一年五月に日本で執筆された。また、「沈淪」

を含む作品集『沈淪』は、「五四運動」[3]以降の中国新文学史上、最初に出版された小説集である。[4]さらに、表現上の新しい手法を初めて開拓したという意味でも「沈淪」は当時の文壇に新鮮な空気をもたらした。[5]この作品は中国の青年たちに愛読され、一気に「達夫熱」が盛り上がった。[6]郁達夫自身もこれに力を得て本格的に創作活動を始めたのである。

以下に、郁達夫の小説の特徴を挙げてみたい。

一、作品の傾向

郁達夫の四七篇の小説[7]は、およそ次の二種類に分けることができる。

①自我性的表現
②社会性的表現

「銀灰色的死」「沈淪」「南遷」「友情与胃病」「茫茫夜」「秋柳」「懐郷病者」「風鈴」「蔦蘿行」などは①に属する。この分野の代表的作品は「沈淪」である。一方、「春風沈酔的晩上」「薄奠」「考試」「清冷的午後」「秋河」「二詩人」「楊梅焼酒」「瓢児和尚」「唯命論者」『她是一個弱女子』などの作品は②に属する。この分野のもっとも代表的な作品は「春風沈酔的晩上」と「薄奠」である。自我性的表現にせよ、社会性的表現にせよ、どの作品も自覚的な反抗精神と絶えざる自分の不幸を説き、抑圧され、差別され、侮辱される描写が基本的なテーマとなっている。言い換えれば、郁達夫の一番好んだ主題は貧困、病苦、失意、死亡などであった。

二、創作態度

郁達夫の小説は濃厚な自伝的色彩を帯びている。彼は一九二七年八月に自分の文学について次のように述べている。

創作に対する態度についていえば、他人は笑うかもしれないが、私は「すべての文学作品は作家の自叙伝である」ということばを真実だと考えている。客観的態度、客観的描写に関して、どのように客観的であろうにせよ、純粋に客観的な態度、純粋に客観的な描写が可能であるとすれば、芸術家の才能はなくてもよいし、芸術家の存在理由もなくなってしまう。……だから、いずれにせよ、作家の個性は彼の作品の中に保たれているものなのである。強烈な個性を持つ以上、修養することさえできれば、有力な作家となることができるのである。何を修養するのか。もちろん自分自身の体験である。[8]

彼は客観的な世界に対して、作家の主観的な感受性を強調している。文学作品は作家の自叙伝である故に、純客観的な描写が不可能であることを説き、作者の個性や人格を重視しているのである。これは郁達夫の創作における顕著な特色である。

郁達夫の小説の大多数は、弱小国国民[9]および外国に留学経験のある人物を主人公にしている。彼は「沈淪」の中で、差別され、迫害される弱小国国民の複雑な内面世界を描き出すことに成功し、その後はさらに典型的な「時代病」[10]の体現者を塑像する作品に取り組んだ。彼の作品の中に登場する自我像の不幸な境遇の背景をなすのは、単なる一家族の運命ではなく、「近代の屈辱」に追い込まれた中華民族の運命である。「沈淪」は個人の憂悶と民族の憂悶を特異な形で描き出すことに成功した作品である。[11] 個人の憂悶と民族の憂悶に対する叙述は、彼の日本留学経験を基にした作品における主要なテーマの一つとなっている。

三、耽美派文学の影響

郁達夫の作品は永井荷風や谷崎潤一郎や佐藤春夫などを始めとする日本の耽美派文学の影響も受けている。[12] また、そこには所謂新ロマン主義文学の影響も見出すことができる。「沈淪」の冒頭は、「他近来覚得孤冷得可憐」(この頃彼は哀れなほど孤独であった)で始まっている。最初から作者は主人公の内面の感受性と精神状態に着目している。『沈淪』という作品集は、当時の青年たちに大きな憂鬱感をもたらした。自らのすべてを隠さずに暴露する手法は確かに新ロマン主義の作風と類似しており、「霊の覚醒」[13] を代表して心の奥深いところまで描き出している。郁達夫は傷だらけの心で世紀末の「病的な美」を描写したが、[14] これは中国文学史上初めての試みであり、しかもこのような「病的な美」を作品の中に巧妙に結実させている。

四、私小説の影響

郁達夫の作品は日本の「私小説」の影響をも受けている。周知のように、彼が日本に留学していた時期（一九一三〜一九二二年）は、ちょうど日本で私小説が盛んに著された時期であった。[15] 郁達夫自身も大量の私小説を読み、私小説のスタイルを自分の創作のモデルと決めたのである。日本の私小説について、彼は次のように述べている。

私が最初に短編小説を読んだのは……日本にいた学生の頃であった。その頃、自然主義の流行はもう過ぎ去っており、文壇では人道主義がはやっていた。しかし、短編小説のテーマとスタイルはまだ自然主義の尻尾を引きずっており、例えば、身辺の雑事やその時々の感想を書いたりすることなどが多かった。アメリカのような完璧な短編小説は稀であったが、当時、日本の市場でも毎月千近くの短編小説が発表されており、中には十分読む価値のあるものもあった。だが、どうしてかはわからないが、そうした作品は局面が小さく、模倣が過ぎ、新しさや独創性という点で我々の模範となるものがなかった。[16]

彼は当時の日本の文壇に対して不満を抱いていたが、有名な私小説の大家の作品は愛読していた。彼は私小説の代表作「城の崎にて」の作者志賀直哉について、「全人格を具えた大芸術家」[17]で、「ことばがよく練れている点で群を抜いて」[18]おり、その作品は「すべて珠玉の名篇である」[19]と述べている。このように彼は私小説を高く評価した。郁達夫は特に私小説の代表的な作家である葛西善蔵の作品を好んだ。憂鬱と貧困な生活を題材に書くことの多かった善蔵の数十篇の私小説は、当時の日本文壇における私小説の「最高峰」[20]と評されている。郁達夫は次のように語っている。

葛西善蔵の小説を二篇読んだが、やはりよい作品である。すっかり敬服した。(21)

また、郁達夫は、親交があり、自分の創作に大きな影響を及ぼした佐藤春夫を大いに称賛し、尊敬している。

日本の現代の小説家の中で、私がもっとも崇拝しているのは佐藤春夫である。(22)

以上の事実から、郁達夫がどれほど私小説を愛読していたかを理解できるだろう。郁達夫は葛西善蔵から意識的に私小説の題材と技巧、情緒と手法とを借りた。敏感で繊細な感情、憂鬱の描出、細かい心理の世界の解剖、肉と霊の詩的昇華は私小説の特徴であるが、それはまた郁達夫の小説の大きな特色ともなっている。なお、私小説との関わりについては、本書第Ⅱ篇において詳しく論じてみたい。

五、欧米文学の影響

日本文学は郁達夫に創作上の栄養分を供給した。(23)そして、郁達夫は日本文学から必要な栄養分を吸収したばかりでなく、欧米諸国の文学からも芸術上の栄養分を汲み取ったのである。(24)中国現代文学作家の中で郁達夫は欧米文学の原書をもっとも豊富に所有していた。後に郁達夫が杭州に構えた「風雨茅廬」という書斎には、外国語の原書三万点が収蔵されていた。[25]郁達夫はまた、日本語、独語、仏語、英語に堪能であった。日本の高等学校に在学していた頃、彼は前記の諸外国語を十分に活用しながら、すでに千点以上の小説を読破していた。[26]郁達夫の親友劉海粟によると、

達夫は「日本で千点近くの英語、独語、日本語の小説を読んだ」と私に語った。彼は同世代の人の中でも稀な読むスピードと理解力を有していた。謙虚で温和な達夫は、よく一晩に一、二冊の小説を読了することがあった。[27]

このように郁達夫は欧米の文学作品を十分に読みこなし、創作上必要なものを吸収して、作品の中に活かしたのである。なお、欧米文学との関わりについては、本書第Ⅵ篇において詳しく論じてみたい。

【注】

（1）趙景琛は「郁達夫回憶録」（陳子善・王自立編『回憶郁達夫』湖南文芸出版社、一九八六年）において、次のように指摘している。「郁達夫先生の名が現代中国文学史に長く伝えられ、評論家が称えるにせよ、非難するにせよ、まったく関係ないことである。彼の独特な作風がすでにその存在を示している」。「彼は他人から影響を受け、また他人に影響を及ぼしている。彼はやはり独特の作風を持つ作家である。作者名を隠して作品を読んでも、それが郁達夫の作品であり、他人の作品ではないことがわかる」。

（2）伊藤虎丸は「沈淪論」（『中国文学研究』第三号、一九六四年）において、次のように述べている。「彼は日本において高等教育を受け、日本においてはじめて西欧近代文学に接触し、小説家となるべき芽を培われ、日本において、日本留学の生活を素材とした三編の小説を書いた事によって、小説家としての道を始めて歩み出した」。「彼の文学は、その出発点においては勿論のこと、その後の彼の文学の運命もまた日本文学から彼が学んだ所に支配された部分が大きい」。「我々は、彼の残した自伝的な諸作品などを見るとき、同時期の留学生の中でも、彼が最も日本人の生活の内側に入り込んで其れを理解していた中国人の一人だったことを知るだろう」。

（3）第一次世界大戦後、パリ平和会議における山東問題の措置に憤慨した北京の学生約五千人は、一九一九年（民国八年）五月四日、全市にわたってデモ行進を行い、政府に対して講話条約批准の拒否、責任者の処罰を要求した。これに端を発し、全国的に排日運動・政治運動が巻き起こった。この反帝国主義・反封建思想を唱えた運動を「五四運動」「五四文化革命」「新文化運動」などと呼ぶ。学生の運動は労働者を始めとして国内のさまざまな階層に波及し、共産党の結成が準備されるとともに、新たな文化が提唱される導火線となった。

（4）成仿吾は「『沈淪』的評論」（『創造季刊』第一巻第四号、一九二三年）において、「郁達夫の『沈淪』は新文学運動以来初めての小説集である。時期の面で早かったばかりではなく、人を驚かせる取材と大胆な描写は、一年経った今日でもやはり一番といわざるを得ない」と記している。

（5）郭沫若は「論郁達夫」（『人物雑誌』一九四六年第三号。後に陳子善編『逃避「沈淪」』東方出版中心、一九九八年に収録）において、「創造社の初期において多大な貢献をした。彼の清新な筆致によって、活気のない中国の社会に春風を吹き込み、当時の無数の青年の心をただちに目覚めさせた」と述べている。

（6）楼適夷は「回憶郁達夫」（陳子善・王自立編『回憶郁達夫』、注（1）前掲）において、「郁達夫の『沈淪』は一九二一年、『女神』とほぼ同時に出版された。この二冊の本は、どちらも別の意味で我々のような青年に大きな衝撃を与えた。私も郁達夫の作品を愛読していた」と述べている。

鍾敬文は「憶達夫先生」（『文芸生活』一九四七年第七号）において、「民国一〇年から一五年の間、少なくとも一部の青年はこの『中国のルソー』に強く惹きつけられた。当時、私と同郷のある友人は郁達夫の服装や行動などを模倣していた」と述べている。

韓侍桁は「郁達夫先生作品的時代的意義」（陳子善・王自立編『郁達夫研究資料』花城出版社、生活・読書・新知三聯書店香港分店、一九八六年）において、「『五四運動』前後に文学に関心を抱いていた青年なら、みんなこの作家の『沈淪』および『蔦蘿行』という二冊の小説を読んだだろう。どんなに忘れっぽい人でも、当時心の中に残された作品の印象を忘れるはずはないだろう。なぜなら、作品が出版されたあの時代において、この作者は当時の無数の青年の心の中の苦悶を描き出したからである」、「これらの問題を扱った小説を著した郁達夫は、当時の数多くの青年の代弁者となったのである。だから、彼は自身の芸術性が得るべきものを遥かに超える名声を得たのである」と述べている。

蕭乾は「評『出奔』」（『大公報・文芸』一九三五年）において、「文学における多くの先輩の中で、達夫先生はもっとも青年の心をとらえた作家の一人であろう。彼の『沈淪』は、生理的に若干未熟な青年男女の心情を適切に表出している」と述べている。

（7）巻末資料「郁達夫小説一覧（付・一九三四年の創作中断について）」を参照されたい。

（8）郁達夫「五六年来創作生活的回顧」『文学週報』第五巻第一〇号、一九二七年。後に「『過去集』代序」と改題して、『過去集』（上海開明書店、一九二七年）に収録。

（9）許子東は『郁達夫新論』（浙江文芸出版社、一九八四年）において、「日本において、彼は自ら資本主義文明の弱点および侵略拡張の野蛮性を目にし、弱小民族の苦悩と弱小国民の屈辱を体験した」と述べている。

曾華鵬・範伯群は「郁達夫論」（『人民文学』一九五七年五・六月号）において、「郁達夫が日本で執筆した『沈淪』『南遷』『銀灰色的死』および『胃病』などの作品は、すべて中国人留学生の生活、つまり冷遇される環境の中での生活に基づいている。彼らは、一方では冷遇と差別を受け、一方では弱小国民としての深い苦悩を味わったのである」と述べている。

（10）「時代病」について、曾華鵬・範伯群は「郁達夫論」（注（9）前掲）において次のように述べている。「作者は留学生の内面世界を描き、抑圧されたプチブル知識分子の精神状態をより深く描出することにより、『時代病』に感染した当時の青年の典型を詳細に造形した」。この点については、銭杏邨も「後序」（郁達夫『達夫代表作』上海春野書店、一九二八年）で詳しく論じているので、参照されたい。

（11）伊藤虎丸は「沈淪論」（注（2）前掲）において、「『沈淪』の主題となっているのは、確かに、全て屢々言われてきたように、『懺余独白』に『屈辱』『憂鬱』という所の民族的悲哀と性的抑鬱の問題であった」と述べている。また、温儒敏は「論郁達夫的小説創作」（『中国現代文学研究叢刊』一九八〇年第一号）において、「『沈淪』は『憂鬱症』をより直接的に描写している。例えば、大勢の人の中で主人公が覚える孤独感や隠遁の妄想、変態性欲の追求などは、どれも病的な描写である」と述べている。

（12）小田嶽夫は『郁達夫伝』（中央公論社、一九七五年）において、郁達夫の作品と日本文学との関係を詳しく論じている。

鍾敬文は「憶達夫先生」（注（6）前掲）において、「私は応接間の真ん中の机の上に黄ばんだ薄い本を見つけた。とってみると、春陽堂文庫の谷崎潤一郎氏の『卍』だとわかった」と述べている。

（13）吉田精一『現代日本文学史』（筑摩書房、一九六五年）参照のこと。

（14）この点について、許子東は『郁達夫新論』（注（9）前掲）において次のように記している。「郁達夫は明らかに病的な人物によって醜い現実を暴露し、ねじれた心理の中に感情の価値を見出し、変わった性格の中に人の尊厳を探求しようと考えた。思想や哲学において、彼はやや混乱している。論理や社会的意義においては、彼は成功していない。しかし、美的表現において、少なくとも感傷的情緒と「病的な美」を描写する手法に関しては、彼は独特な成果を上げたのである」。

(15)『増補改訂　新潮日本文学辞典』（新潮社、一九八八年）によれば、「大正七年から大正九年にいたる文学史的な一齣を巨視的にひきなおせば、そのまま明治四〇年の田山花袋の『蒲団』から大正一〇年の葛西善蔵の連作的私小説の歴史となる」。つまり、私小説が盛んだった時期は、一九〇七年（明治四〇年）から一九二一年（大正一〇年）までと考えられる。この時期には多くの私小説が出版されており、簡単に入手できたであろう。郁達夫は、一九一九年に日本文学に興味を抱くようになり、多くの作品を読んだ。陳子善・王自立編『郁達夫研究資料』（注（6）前掲）によれば、「この年（一九一九年――筆者注）、日本現代文学に強い興味を抱くようになり、佐藤春夫、志賀直哉、谷崎潤一郎、芥川龍之介などの作家の作品を多く読破し」、翌一九二〇年に「田漢の紹介で日本の作家佐藤春夫と知り合い、しばしば訪ねるようになった」。

(16) 郁達夫「林道的短編小説」『新中華』第三巻第七号、一九三五年。

(17) 許子東『郁達夫新論』（注（9）前掲）。

(18) 同右。

(19) 同右。

(20) 山本健吉『私小説作家論』（福武書店、一九四三年）参照のこと。

(21) 郁達夫「村居日記」（『達夫日記集』上海北新書局、一九三五年）一九二七年一月六日。

(22) 郁達夫「海上通信」『創造週報』第二四号、一九二三年。

(23) 周炳成は「郁達夫的小説創作与日本文学的影響」（『新文学論叢』第一号、一九八四年）において、次のように記している。「『沈淪』が日本の大正文学の影響を受けていることに疑いはない。郁達夫は一九一三年から十数年の留学生活を島国で過ごした。郁達夫が留学した大正時代は、ちょうど日本文学の隆盛期にあたり、優れた作家が輩出し、いくつかの文学的な潮流があった。その中で生活している郁達夫は、見聞したことから大きな影響を受けた。この影響は『沈淪』に始まり、彼のほとんど生涯の創作活動に及んでいる。現在、彼の内容豊富な著作を繰ってみると、我々はその影響を受けた痕跡を随時見つけることができるのである」。また、黄川は「外国作家和文芸思潮対郁達夫的影響」（『社会科学戦線』第二号、一九八三年）において、「日本は郁達夫にとっていわば第二の故郷である。彼は日本民族に対する深い感情を抱いていただけでなく、日本の文学も深く理解していた。郁達夫が日本に留学した時代は、自然主義文学が活発で、しだいに『私小説』が隆盛を迎えていた。だから、耳にしたり読んだりするうちに知らず知らず感化され、大きな影響を受けたのである」と述べている。その他に、伊藤虎丸「沈淪論」（注（2）前掲）も参照されたい。

（24）董易「郁達夫的小説創作初探」（『文学評論』第五号、一九八〇年）参照のこと。

（25）郁達夫の蔵書についてはさまざまな説がある。ここでは、手もとにある資料をもとに、筆者なりの見解を述べる。

馮至は「相濡与相忘――憶郁達夫在北京」（陳子善・王自立編『回憶郁達夫』、注（1）前掲）において、「彼が住んでいた広い部屋（北京の言い回しでは、「三間をぶち抜きにして」いた）の壁には本棚が備えつけられ、そこに本がいっぱい並べられていた。英語、ドイツ語、日本語の本があり、もちろん中国語の本もあった」と述べている。

劉海粟は「回憶詩人郁達夫」（陳子善・王自立編『回憶郁達夫』、注（1）前掲）において、次のように記している。「中呇魯路二四号棟に住む達夫のもとには、いつも文学青年が出入りしていた。部屋には英文の本が千冊以上積まれていた。彼は本が大好きで、毎日一冊読み終わらないと寝ることができなかった。現代の中年や青年の作家の中で、このような読書能力を持っている人は少ないであろう」。

李俊民は「落花如雨拌春泥――郁達夫先生殉国四十周年祭」（陳子善・王自立編『回憶郁達夫』、注（1）前掲）において、「彼が住むこの大きな部屋の中は、寝台や学習用机やテーブルなどを除くと、ほとんど洋書で占められていた。そこには英語、フランス語、ドイツ語の本が含まれている。私の見るところでは、彼は広く読み、多く覚えた。読書能力は特に高く、どんな本でも読んだ」と述べている。

郁風は「三叔達夫――一個真正的『文人』」（陳子善・王自立編『回憶郁達夫』、注（1）前掲）において、「三叔（郁達夫のこと――筆者注）の二、三万冊の本を箱に入れて杭州に運んだ」と述べている。しかし、同じ文章の後の個所では、「その当時、三、四万冊の本を室内に置くと、残ったスペースはあまりなかった」と述べている。

王余杞は「〝送我情如嶺上雲〟――緬懐郁達夫先生」（陳子善・王自立編『回憶郁達夫』、注（1）前掲）において、「机が一つ、椅子がいくつかと、驚くほど多くの本があった。中国の本は少なく、外国語の本が多かった。大きなガラス扉がついた本棚がなかったので、数冊ごとに束ねて床から壁まで積んでいた。持ち主は本に申し訳ないと語った」と述べている。

郁達夫の親友孫百剛は『郁達夫外伝』（浙江人民出版社、一九八二年）において、次のように述べている。「外の割合に大きな部屋が達夫の書斎であった。三面の壁には中国語、日本語、ドイツ語、フランス語などの書籍が六、七千冊ほどぎっしり並んでいた」。

郁達夫の妻王映霞は「憶郁達夫与魯迅的交往――従『魯迅日記』想起的幾件事」（陳子善・王自立編『回憶郁達夫』、注（1）前掲）において、「郁達夫の二万余の蔵書は、抗日戦争のときに日本軍に奪われ、現在依然として行方不明である」と述べている。この記述に従えば、杭州の「風雨茅盧」には「二万余」の蔵書があったことになる

于聴も「説郁達夫的『自伝』」（『郁達夫風雨説』浙江文芸出版社、一九九一年）において、「彼が日本にいた時期の後期に購入して北京に運んだ分と後に上海と杭州で購入した分を合わせて約三万余冊の本は、すべて杭州の風雨茅盧に置かれた」と述べている。

郁達夫本人は「遺書」において、「杭州の場官衙にある一軒の住居と蔵書五万巻が国内にある財産だ」と語っている（前掲、劉海栗「回憶詩人郁達夫」）。

こう見てくると、郁達夫の蔵書数については、さまざまな説があることがわかる。蔵書を豊富に擁していたことは確かである。千冊に上る英語、ドイツ語、フランス語、ロシア語、日本語などの原書を所有していたこともわかる。

郁風は同じ文章の中で、「二、三万冊」「三、四万冊」という食い違った記述をしている。一体二万なのか、三万なのか、四万なのかわからなくなってしまう。王映霞は「二万余」、于聴は「三万余冊」、郁達夫自身は「蔵書五万巻」と述べている。郁達夫自身が述べた「五万巻」から、シンガポールの七、八千冊と富陽の一万余とを除き、杭州の風雨茅盧には三万冊の蔵書があった可能性が大きいのではないだろうか。于聴も「説郁達夫的『自伝』」（前掲）において、「彼は生涯に五万冊ほどの本を購入した」と述べている。この「五万冊」という数字は郁達夫の「遺書」に基づくと考えられる。こうして見ると、杭州の風雨茅盧の蔵書は「二万冊」でも「四万冊」でもなく、「三万冊」であると推測できる。

(26) 郁達夫は「五六年来創作生活的回顧」（注（8）前掲）において、次のように記している。「高等学校の四年間で、ロシア語、ドイツ語、英語、日本語、フランス語の小説を合わせて千冊ほど読破した」。

曾華鵬・範伯群は「郁達夫論」（注（9）前掲）において、「四年間にロシアや西洋の文学作品を千冊ほど読んだ」と述べている。

また、鍾敬文は「憶達夫先生」（注（6）前掲）において、「読書における彼の趣味は主に小説であった。かつて仿吾先生は、彼が帝大で三千冊以上の小説を読んだと私に話したことがある」と述べている。

上記の資料を読むと、郁達夫は日本の高等学校の四年間で千冊、東京帝大で三千冊以上、合計四千冊の小説を読んだことにな

る。郁達夫は一九一四年七月に東京第一高等学校予科に合格し、一九一五年七月に卒業。その後、四年間は名古屋第八高等学校に在学。一九一九年七月に東京帝大経済学部に入学し、一九二二年三月に卒業。大学には二年八ヵ月しか在学しなかった。名古屋第八高等学校時代から計算すると、六年七ヵ月で四千冊の小説を読破したことになる。これは平均すると一年に六百冊というペースであり、郁達夫の並々ならぬ小説への熱狂ぶりが窺える。

(27) 劉海粟「序」、郁雲『郁達夫伝』福建人民出版社、一九八四年。

Ⅱ　郁達夫の小説と日本文学

一、自然主義文学との関連

自然主義的な創作態度

明治三九年から大正初期にかけて、日本の文壇においては自然主義文学運動が盛んであった。[1] 自然主義文学は、いろいろな意味で近代日本文学に大きな影響を及ぼしたが、[2] もっとも顕著な成果は文壇から真実を蔽い隠そうとする風潮を退けたことであった。[3]

自然主義を旗印に掲げた代表的な作家としては島崎藤村、徳田秋声、島村抱月などが挙げられるが、[4] 中でも顕著な活動を見せたのは田山花袋であった。有名な「蒲団」は、彼の家に寄寓した若い女の教え子に対する愛をそのまま題材としたものであり、作者の身辺の大胆な暴露、[5] あるいは中年の「肉の人」の告白として読者に衝撃を与えた。自然主義文学の理論は、この一作において実践されたと評されている。田山花袋は『野の花』の序文で、小説は「作者の些細な主観」を離れ、「大自然の面影」を写し、「人生の帰趨」を示す必要があると述べ、[6] さらに明治三七年に発表した「露骨な描写」と題する論文において、次のように述べている。

何事も露骨でなければならん、何事も真相でなければならん、何事も自然でなければならんと言う叫び声が大陸の文学の到る処に行き渡っている。(7)

ここで用いられている「露骨」「真相」「自然」ということばが、自然主義文学の特質をよく表している。平凡な人物を主人公としたこと。性格を説明するようなことはせず、むしろ生活状態や習慣などを客観的に描写することによって主人公の人間性を明らかにしようとしたこと。題材を自己の周囲に限定し、空想を避けてあくまでも事実に従おうとしたこと。言い換えれば、作者の経験をそのまま描いて、隠していた自分自身を明るみに出すことを恐れないこと。この偽りや虚飾を排して自分の経験を告白する態度こそ自然主義文学の大きな特徴だといえよう。

一方、本書第Ⅰ篇でも引用したように、郁達夫は「すべての文学作品は作家の自叙伝である」と主張していた。(8) 奇妙なことに、この郁達夫の文学的主張は、田山花袋の主張と酷似するところが多い。彼は「すべての文学作品は作家の自叙伝である」という主張に続いて、次のように述べている。

ある事柄について経験のない人間は、架空のでっちあげによって、この事柄に関する小説を書くことは決してできない。だから、私は主張する。プロレタリア文学はプロレタリアート自身によって創造されねばならないと。……いかなる大文豪であっても、彼らが書いた殺人や盗賊の話は、我々のようにそうした経験のない者が読んで面白いだけで、もし本当に殺人や盗賊を働いた者が読んだならば、感動しないばかりか作者の軽薄さを嘲笑するに違いない。

私は初めから創作に対してこのような態度を抱いていたし、現在もそのままであって、おそらく将来も変わることはないであろう。(9)

郁達夫の創作に対する姿勢は、終始このような考え方に支配されていた。[10] 彼は「五六年来創作生活的回顧」の中で、作家志望の息子を持つある金持ちの婦人に、どうすれば息子が成功するかと尋ねられたモームが「年に二千ドルを与えて彼を悪魔のところへやりなさい」と返事をした手紙を引用して、作家自身の経験がいかに大切であるか強調している。郁達夫によれば、それは「作家が自分自身の経験を尊重しなければならぬということの証明」だった。[11]

他人のことを描写しても「真に迫る」ことはなかなかできないであろう。想像に頼ってはだめだ。想像によって著された作品には迫真性がなく、人の心を打たないのだ。想像によって著された作品には華々しいところもあるが、すぐに想像に頼ったものだと見破ることができる。[12]

両者の作品を見ると、郁達夫が田山花袋に代表される自然主義的な文芸観を継承していることがよりはっきりする。[13]「蒲団」を執筆するにあたり、田山花袋は直接告白するスタイルで自分が隠していたことをすべて暴露した。郁達夫の作品にもこの手法と思想を窺うことができる。郁達夫は『文学概説』において、「芸術の良心」は、生活と芸術、実感と作品を一つに表現することを模範にすべきであると記している。[14]

「蒲団」において自然主義文学を方向づけた後、[15] 田山花袋は長編小説『生』を発表し、従来は不道徳と思われていた醜い面から人生をとらえ、内面の真実を描き出そうとした。この作品では、中流最下層、すなわち若き日の花袋自身の明るさも希望もない陰鬱な家庭生活における、姑と嫁、小姑と嫁、母と成長した子供たちとのお互いの感情の絆が、母を中心に大きな壁画のように細かくかつ赤裸々に描写されている。花袋はこの作品において、主観をまったく排し、現象をそのまま客観的に描写する「平面描写」という手法を試みた。この手法は日本の自然主義文学における特色の一つとなった。郁達夫はこの「平面描写」という手法を受け継いで積極的に創作を試み、自分自身の体験を繰り返し描いた。郁達夫の「文学作品のすべては作家の自叙伝である」という主張は、田山花袋の「平面描写」を延長し発展させたものだと考えられる。

自然主義に基づく性描写

郁達夫の四七篇の小説のうち、(16)約六〇パーセントにあたる二八篇に性的な描写がある。女性について自然主義的に描写した例としては、「沈淪」において主人公が下宿先の若い娘の入浴シーンを覗き見る場面が挙げられる。変態的な心理を詳細に描写した例としては、「茫茫夜」における于質夫の「善への焦燥と悪の苦悶」、「過去」における李白時が女主人公を誤解する描写、『她是一個弱女子』における李文卿と鄭秀岳の変態性欲などが挙げられる。郁達夫の作品において一貫して重要な位置を占めている色情的で赤裸々な性描写の例としては、「秋河」における「軍閥の妾と子の噂」や『迷羊』における王介成の情欲、「寒宵」「街灯」「祈願」における妓楼の生活の描写などが挙げられる。性の苦悶を大胆に告白した例としては、「沈淪」における真の愛情への渇望、「友情与胃病」における片思い、「十三夜」における陳君の尼さんへの求愛などが挙げられる。郁達夫の作品における性描写や自我、個性の表現には、日本の自然主義文学からの強い影響が認められる。

田山花袋の「蒲団」の主人公は小説家である。彼はかつて恋愛の末に結婚したが、文学を理解しない妻がしだいに年老いて魅力を喪失すると、教養のある美しい文学少女を愛するようになった。小説は三人の関係を題材としながら、作者本人だと考えられる主人公・竹中時雄の煩悶と懊悩を描いている。この作品において田山花袋は、社会的な主人公に作者の内面を仮託するという手法を極力排し、作者と主人公の距離を限りなく近づけ、自己の体験を小説の中でありのままに告白するという捨て身の方法を用いて執筆を行った。この作品においては、自分の女の教え子に対する性欲と苦悩が率直に描かれ、性についても露骨に描写されている。「蒲団」の手法を適用し、「沈淪」において自分自身を大胆に描き出した郁達夫は、性描写についても、性欲の真実を表現しようと努力した。この作品における赤裸々な表現は、中国近代文学においては破天荒なことであった。(17)そのため、「沈淪」は刊行後に大きな反響と非難を呼び起こした。

「蒲団」は性欲に苦悶する作者の赤裸々な懺悔録であるが、郁達夫の作品においても性の苦悶が主要なテーマの一つとなっている。彼の作品における性の苦悶の描写は、文学作品における真実性や、小説によって生活を表現することに対する彼の理解と関係しているのではないかと思われる。彼は次のように記している。

　自然をとらえ、自然を再現するのが芸術家の本分である。しっかりととらえ、切実に再現し、我々の五官の前に本来の姿を赤裸々に提示するものがもっとも優れた芸術作品である。(18)

また、彼は次のようにも述べている。

　性欲と死は人生の二大問題である。だから、この二つを題材にした作品は、その他の作品に比べていっそう愛好される価値を持っている。(19)

文学に対してこのような思想を抱いていたからこそ、郁達夫は性の苦悶を自然主義的に描写しようと努めたのである。そして、こうした郁達夫の思想は田山花袋の思想とも一致していた。

ところで、自然主義文学の大家であった正宗白鳥は、「自然主義盛衰史」という評論において、「蒲団」について次のように述べている。

田山花袋が敢然として、衆人監視のうちで自己の行動と心理を暴露した。「蒲団」の如き作品を世に示さなかったら、彼等の作品があゝいふ形を取っては現れなかったにちがひない。[20]

正宗白鳥が述べるように、「蒲団」が自然主義に及ぼした影響は大変大きかった。引用文中の「彼等」として、正宗白鳥は数人の文学者の名前を具体的に挙げている。その中の一人は近松秋江である。彼には『黒髪』や『別れた妻に送る手紙』などの作品があり、生々しい私生活をそのまま題材として取り上げた。もう一人は『耽溺』を著した岩野泡鳴である。岩野泡鳴という作家は、なぜか自然主義文学の作家として十把一からげに扱われているが、彼は「文芸は刻々盲転する表象的神秘界を出来るだけ偉大に、できるだけ深遠に再現したものでなければならぬ[21]」と考えていた。『耽溺』以外の彼の主要な作品は、五部（『放浪』『断橋』『発展』『毒薬を飲む女』『憑き物』）からなる自伝的長編小説である。さまざまな事業や恋をしては次から次へと失敗し、破滅していく自分自身の放浪生活を綴ったこの五部作は、彼の作品の中でもっとも面白い。この作品は、「戦争に討死する軍人の実行と、文芸の創作とは同一態度だ[22]」という主張に基づいて執筆されており、藤村や花袋といった所謂自然主義の作家の作品とはまったく毛色の違った異色の大文学であり、一種の刹那主義的文学論ともなっている。岩野泡鳴はこの五部作において、妥協することなく自己を主張し、特に人間の動物性、獣的側面を露わに描き出すことによって道徳や習慣に挑戦している。また、短編小説「浅間の霊」における露骨で醜悪な描写は、彼でなければよくなし得ないものであろう。郁達夫は田山花袋だけではなく、日本留学時に読んだ泡鳴の作品からも露骨な性描写の方法を学んだと考えられる。

個人と社会との関係をめぐる相違

自然主義文学の大家ともいうべき島崎藤村は、作品の主人公に作者自身の深刻な問題を投影し、主人公をして作者自身を語らせるという作風を提唱した。近代的な自我を求めた藤村は、主人公の苦悩や不安の中に自己の心情や思想を積極的に注ぎ込んだ。初めてこの手法を適用した『破戒』において、藤村は自身の性格に基づく秘められた苦悩や秘密を、社会的な問題との関わりの中で告白することによって苦境を切り抜けようとしている。『破戒』の特徴は社会的な観点から個人的な問題を取り上げたことであり、その成功の根本的な要因は、現実の社会と現実の心理とを結合させたことであった[23]。そしてまさにこの点で、『破戒』はきわめて大きな意義を有している。

『破戒』が出版されて一年後、田山花袋の「蒲団」が発表された。『破戒』とは異なり、「蒲団」には作者が自分の心情を主人公に託すという手法は見られない。「蒲団」は作者と作品の主人公との距離を限りなく近づけて自己を告白する小説であり、個人の苦悩や情欲などを赤裸々に描き出したことに大きな特徴がある。自己を告白しているという点で両者は共通しているが、『破戒』が深刻な社会問題を無視していないのに対して、「蒲団」の描写は作者の身辺の瑣事に限られており、社会とは無関係である[24]。

郁達夫の作品における露骨な性描写には、「蒲団」における田山花袋の赤裸々な性欲の描写と多くの類似点が見られる。だが、花袋が純粋に性だけを描写しているのに対し、郁達夫は性の苦悶と社会の苦悶とを同列に見なして描いている。このような観点は、「五四運動」の時期の中国においては、封建的な道学者の虚偽に反抗するという積極的な意義を有していた[25]。これは自然主義文学の純粋な性描写とは本質的に異なっている。郁達夫は次のように述べている。

人生を表現するときは、人生のもっとも肝心なところを摑んで苦悶を描かなければならない。性の苦悶よりも生

の苦悶を描くことが重要である。性欲は人生のすべてではないからである。(26)

また、郁達夫の作品の大多数は「私」を主人公にしているが、「彼」や「彼女」を主人公にした場合もある。主人公が「私」であろうと「彼」「彼女」であろうと、郁達夫が「私」の生活に対する主観的な態度を表現していることに変わりはない。郁達夫は「彼」「彼女」の心の美、人格の美の描写を通して、「私」の心を浄化しているのである。彼は視野を大きく広げ、作中の主人公の目を通して社会を見ている。

この点で、田山花袋は郁達夫とは異なっている。花袋の視野は狭く、自分自身の身辺の瑣事に留まっている。題材も平凡な人の情欲に限定されている。花袋が誠実な態度で人生の一断面を赤裸々に解剖してみせることによって読者の心をとらえたのは事実である。しかし郁達夫はそのような自然主義的思想を継承しつつも、創作方法を一〇〇パーセント模倣したわけではなかった。その描写の対象は、日本の自然主義よりも広く深い局面に及んでいる。郁達夫も自身の身辺瑣事を描いてはいるが、同時に独自の視点から社会を観察し、社会に働きかけようとする姿勢が認められるのである。

二、私小説との関連

私小説的な創作態度

一九二一年、郁達夫が東京にいた中国人留学生に「沈淪」を読ませると、みんな口を揃えて次のような疑問を投げかけた。

将来このような作品が刊行できるのだろうか？　中国にこのような題材はあるのだろうか？[27]

ここで問いかけられているのは、「沈淪」という作品が伝統的な文学とはまったく異なる斬新なスタイル（内容を含む）をとっているということだろう。確かにこの作品における中国の伝統的な文学と異なる新しいスタイルは、中国現代文学史上重要な地位を占めており、[28]当時の読書界を席巻する人気を博した。しかし、この新たなスタイルは郁達夫の独創によるものだろうか？　答えは否である。郁達夫は日本で創作を始めた。彼は日本で受けた差別や、青春期に感じた性の苦悶をきっかけとして、その心理的葛藤をふさわしい文学様式で描出しようとした。日本の文壇では、一九一二年から一九二六年にかけて私小説が主流を占めていた。当時の日本では私小説は純文学と見なされていた。[29]そして郁達夫は私小説に非常に好感を抱いており、私小説の代表的作家葛西善蔵の作品を「すっかり敬服した」と称賛したことがある。[30]郁達夫にとって、私小説は模倣に価すると考えられる文学様式であった。かくして、彼の文学は「告白」「自己暴露」からスタートしたのである。

日本では私小説の作家の大部分は自然主義の作家であった。前述したように、田山花袋を筆頭とする自然主義文学の作家たちは、事実に即することを何よりも大事だと考え、事実こそ真実であると考えていた。そして、自己に即した小説が私小説であった。日本ではロマン主義に反抗して現れた自然主義――どんなに自惚れたって人間なんてたかが知れている、と人生に対する夢や理想を捨て去った文学、どんなに平凡であろうと事実こそが尊い、これだけは間違いないという考え――によって、世界の中心である「私」に、似ても似つかぬ日常の「私」が取って代わり、「私」の日常生活における経験を忠実に写し取る独特の私小説が生まれたのである。この場合、作者と作中の主人公とは同一人物ということになる。これが私小説のもっとも大きな特色である。

西洋にも中国にも、「私は……」と語り出すスタイルの小説はたくさんあるが、多くの場合、作者はある特定の人物になり代わっているだけであって、「私」は作者自身ではない。つまり、この場合には、小説の一技法として一人称が用いられているわけである。日本の近代小説は、結局は作者である「私」を表現する小説であるが、その「私」とは日常における現実の作者自身ではなく、作者の思想や人生・社会に対する考え方なのである。しかし、私小説の本旨はある人物の個人的な表白であるから、それを「他への仮託なし」[31]に表現しなければならない。この点について、久米正雄は次のように述べている。

私は第一に、芸術が真の意味で、別な人生の「創造」だとは、どうしても信じられない。そんな一時代前の、文学青年の誇張的至上感は、どうしても持てない。そして只私に取っては、芸術はたかが其人々の踏んできた、一人生の「再現」としか考えられない。……

「他」を描いて、飽くまで「自」を其の中に行き亘らせる。——そういう偉い作家も、或いは古今東西の一二の天才には在るであろう。(トルストイ、ドストエフスキイ、それから更にその代表的な作家として、フローベル)が、それとて他人に仮託した其の瞬間に、私は何だか芸術として、一種の間接感が伴い、技巧というか凝り方と言うか、一種の都合のいい虚構感が伴って、読み物として優っても、結局は信用が置けない。そういう意味から、私は此頃或いは講演会で、こういう暴言をすら吐いた。トルストイの「戦争と平和」も、ドストエフスキイの「罪と罰」も、フローベルの「ボヴァリイ夫人」も、高級は高級だが、結局、偉大な通俗小説に過ぎないと。結局、作り物である、読み物である。……

結局、凡ての芸術の基礎は、「私」にある。それならば、其の私を、他への仮託なしに、率直に表現したものが、即ち散文芸術に於いては「私小説」が、明らかに芸術の本道であり、基礎であり、真髄であらねばならない。それに他を藉りるという事は、結局芸術を通俗ならしむる一手段であり、方法に過ぎない。[32]

この引用文からは、久米正雄の文芸思想が郁達夫にかなりの影響を及ぼしていることが窺える。郁達夫の「自我」も日本の私小説の影響を受けて定着したものであろう。

一人称の多用

一流の小説家たる資格は貧乏、女性、病気の三つに悩まされた体験の持ち主だけにあり、三つのうち一つを欠く者は二流、二つとも縁なき者は文学にも縁なき衆生であるというのが、代表的な私小説作家の一人であり、私小説精神の権化ともいうべき宇野浩二の文学観であった。すなわち宇野浩二が提唱する文学とは一種の弱者文学であり、彼の文学的魅力の最大の要素は、被害者、弱者としての視点なのである。

被害者の立場に置かれた弱者である主人公が自我を暴露するという点から見れば、郁達夫は作者としてあらゆる要素を備えている。

祖国よ祖国よ！　俺はお前に殺されて死ぬのだ！
お前よ、早く富み、早く強くなってくれ！
お前にはまだたくさんの子供がいて、あちらこちらで苦しんでいる！(33)

許してやれ！　許してやれ！　彼女は弱い女の子だ。(34)

郁達夫の作品には、しばしばこのような「弱者」の主人公が登場する。(35)「沈淪」の「彼」、「南遷」の「伊人」、「茫茫夜」から「風鈴」に至る小説の「于質夫」、「煙影」から「東梓関」に至る小説の「文朴」、「過去」の「李白時」、『迷羊』の「王介成」、『她是一個弱女子』の「鄭秀岳」などはみな弱者である。以上に挙げた弱者たちは郁達夫自身であり、一人称「私」を用いて描かれている。郁達夫の文学の登場によって、中国現代文学史上において初めて「弱者の芸術美」が描出された。この手法は宇野浩二における小説家の三要素と酷似している。

この一人称の多用は、私小説が郁達夫に与えたもう一つの影響である。散文にせよ、小説にせよ、旅行記にせよ、郁達夫の大部分の作品における主人公は一人称を用いて描かれている。「煙影」「紙幣的跳躍」「東梓関」など三人称を用いて描かれた作品もあるが、そうした作品をよく読んでみると、一人称を用いた作品以上に自伝的な色彩が濃厚に感じられる。郁達夫は「作者の生活は作者の芸術とつながっていなければならない[36]」と強調している。彼は「日記文学」において、作品は必ず一人称を用いて著さなければならないと述べ、さらに真実はそうしてこそ表現できるものであり、もし三人称を用いて作品を著したなら、「一種の幻滅感を与え、文学の真実性が薄められてしまう。これは、文学における致命傷ともなりかねない」と記している[37]。郁達夫の小説と散文には、しばしばこのような文学観が語られている。この彼の「自叙伝」という文学観は、日本の私小説における「私を中心とする[38]」「自我小説」の文学観とまったく同様である。この文学観に基づいて著された六四篇の作品（散文や旅行記も含む）中、三七篇で一人称が、二七篇で三人称が用いられている。過半数を占める一人称小説においては物語の背景が狭く、主として主人公の日常生活が描かれており、自伝的な傾向が強い。彼は主人公の内面世界の描写を作品の核とし、主人公の外部のことをあまり描かない。この描き方の源流は明らかに私小説にあるということができよう。

佐藤春夫からの影響

郁達夫は唯美主義的傾向の強い私小説作家佐藤春夫の作品を大変好んだ。彼は次のように書いている。

日本の現代小説家の中で、私がもっとも崇拝しているのは佐藤春夫である。周作人氏もかつて彼の小説を何篇か翻訳したことがあったが、それらは決して彼の最大の傑作ではなかった。彼の最高傑作としては、出世作である「病める薔薇」、すなわち「田園の憂鬱」を第一に推さなければならない。その他、「指紋」や「李太白」などもこの上なく優れた作品である。私はまだ、最近発表された小説集『侘しすぎる』を読んでいない。私の見るところでは、この「剪られた花」は、彼の近来の最大の収穫といえるだろう。作中で主人公の失恋を描いた部分は微に入り細を穿っている。私はいつも彼の境地を学ぼうと思うのだが、結局は似ても似つかぬものになってしまう。(39)

佐藤春夫は倦怠と憂鬱と退屈を創作の基盤に置き、頽廃的な詩の世界から近代社会の人々の内面の世界までを描き出した。そして複雑で陰鬱な情緒とめまぐるしい旋律で彼らの微妙な憂鬱感を描出した。郁達夫の作品と佐藤春夫の作品とを比較しながら読めば、両者には感情が共通している部分が多く認められ、また情緒と方法とが酷似していることがわかる。(40)郁達夫の「沈淪」が佐藤春夫の『田園の憂鬱』から直接的な影響を受けたことは文学史上の常識とされている。ストーリーと芸術的手法から見れば、「沈淪」には確かに『田園の憂鬱』の痕跡が認められるのである。

文体は内容を表現するための重要な手段である。郁達夫と佐藤春夫との関連については、さまざまな面から研究されているが、この二人の作品における文体については、まだ十分な研究が行われていないように思われる。次節では、文体を中心に『田園の憂鬱』を分析し、「沈淪」と比較してみよう。

三、『田園の憂鬱』の文体と「沈淪」

『田園の憂鬱』の文体

『田園の憂鬱』は佐藤春夫の代表作であり、日本文学史上において重要な位置を占めている。周知のように『田園の憂鬱』は、大正五年四月から一二月にかけての、作者自身の神奈川県都筑郡中里村字鉄における生活を題材にしている。(41) もちろん、実際の生活に取材したとはいえ、作者自身の表現を借りれば、そこに彼が住まなければならなかったところのある世界のアトモスフィアの再現が試みられたのである。(42)

この作品の定稿が完成するまでには、構想から三年の歳月が費やされた。その間には、左記のように三回にわたる加筆・訂正が施された。

①第一稿……「病める薔薇」(雑誌『黒潮』大正六年六月)
②第二稿……「田園の憂鬱」(雑誌『中外』大正六年九月)
③第三稿……「病める薔薇」(短編集『病める薔薇』天佑社、大正七年一一月)
④定本………『田園の憂鬱』(新潮社、大正八年六月)

なぜ佐藤春夫は修正に修正を重ねたのであろうか。それは文体の選択と密接に関係していると考えられる。『田園の憂鬱』の特徴として、まず練りに練られた華麗で装飾的な文体を挙げることができよう。この作品の執筆にあたって、佐藤春夫は文体の選択に苦しんでいた。執筆当時の文体についての悩みを窺える資料がかなり残されている。中でも、直接文体について触れているまとまった資料としては、『詩文半世紀』(43)がある。それによると、大正三年に雑誌『我等』を創刊した頃から、佐藤春夫が文体を模索をし始めていたことが明らかになっている。その頃、佐藤春夫は詩を著しながらも散文に対する志を捨ててはいなかった。しかし、自分の「結晶体」（ドライでかっちりした文字の結晶）のスタイルが日本語の性質に合わないと悟り、「流動体」のスタイルに転向しようと試みていた。(44)「結晶体」というのは、法律の条文のような、あるいは漢文のようなドライな文体で、一度述べたことは繰り返さない。このような文体を用いて細かい心理を描写しようとすると困難が生じる。一方、「流動体」というのは書き放しの文体である。佐藤春夫の作品を研究してみると、ほとんどの作品において「流動体」の文体が用いられていることがわかる。しかし、唯一「流動体」の文体を用いていない作品が『田園の憂鬱』なのである。この作品では、よりデコラティブな文体が用いられているのである。(45)

この問題をよりはっきりさせるために、成立の事情にあたってみることにしよう。ここでは、「西班牙犬の家」を『田園の憂鬱』と対比してみる。この二作品については、作者自身が成立の事情を記した文章が残されている。「西班牙犬の家」の成立事情について、佐藤春夫は次のように述べている。

> ひとり田舎の家の長火鉢の片わきに寝ころんで私は、退屈のあまり書き出したのだ。思ふやうに原稿紙を買へないから、私は『人間悲劇』の書きつくしをうら返してそこへそれも小さな字で走り書きした。一時間ほどで書いたのは十二三枚だった。つづいてすぐに新しい紙に書き直すと、それが十九枚あった。久しぶりであったし、すらすらと出来たし、実際自分でも何がどんな風に出来ているのだか知らなかった。そのなげやりな気持ちこそかえってうれしかった。もとより自信も何もなかったのだ。(46)

ここからは、作者が人生にも芸術にもあきあきしていた様子を窺うことができよう。引用文中の「なげやりな気持ち」ということばは、「西班牙犬の家」の特色と文体を的確に表している。佐藤春夫が「退屈」（倦怠）を言語によって自然に表現したのはこの作品だけである。

一方、『田園の憂鬱』を執筆した際のまったく異なった雰囲気について、佐藤春夫は次のように伝えている。

秋の夜長になると田園の家はさびしかった。それでも、わたしはこの生活をどう表現すべきかを考えつづけて、楽しみが無いではなかった。構想はほぼまとまったように思われた。しかし、筆をとってみると、それが容易に書けない。これは『西班牙犬の家』や『公冶長と燕』のようにペンがひとりで書くものではなく、わたくしがペンに書かせなければならないのに、そのわたくしが、これを思いどおりには書けないのである。ただ同じ構想を幾度でもこねかえして、ぼんやりしてしまうだけである。[47]

『田園の憂鬱』を執筆するにあたって、作者が表現に悩んでいる光景が眼前に浮かんでくる。退屈のあまり筆を執り、一時間ほどで一二、三枚も書いた「西班牙犬の家」に対して、『田園の憂鬱』では「この生活をどう表現すべきかを考えつづけ」、「構想はほぼまとまったように思われた。しかし、筆をとってみると、それが容易に書けない」と記されている。この描写からは、作者が意識的な表現を懸命に試みて、苦労して文章を彫琢した様子を窺うことができる。こうして、佐藤春夫は修正に修正を重ねることになったのである。

さて、『田園の憂鬱』の文体におけるもう一つの特徴は、形容詞の頻繁な使用、そして主語と代名詞の意識的な多用である。例として『田園の憂鬱』の冒頭を挙げることにする。

その家が、今、彼の目の前に現れて来た。初めのうちは、大変な元気で砂ぼこりを上げながら、主人の後になり前になりして、飛びまはり纏わりついて居た彼の二疋の若い犬が、ようよう柔順になって、彼のうしろに、二疋並んで、そろそろ随いて来るようになった頃である。[48]

この文を読むと、まず「その家が、今、彼の目の前に現れて来た」という気負った書き方に気がつくだろう。その次に気がつくのは、だらだらと一息に読ませるように続く長文であろう。主語「犬」が出てくるまで形容詞句が続き、それを受ける「なった」という語が二度も用いられ、全体は「頃である」で括られている。日常の会話においては、決してこのような長文は用いられない。これは意識的に「文章」として創作されたものなのである。このような文章は日本語の中でも非常に稀な例であろう。なぜ佐藤春夫はこのようなくどくデコラティブな文体を使用したのであろうか。このような文体でなければ、「少し病的な」「大分退屈な感傷」「世紀末的な倦怠感」を表現することはできないと思われたのであろう。[49]

この作品の第一稿は全体が三章からなり、各章に題がつけられていた。確かに第一稿からは、「少し病的な、大分退屈な感傷主義を基調とした、伝統的な人工性」を読み取ることができる。第二章の「雨月草舎」という章題からは「伝統性」が、第三章の「廃園の夏」という章題からは「病的な」ところが感じられる。その他、蟬が殻を破って生まれてくる様子を見ながら、「見よ、生まれる者の悩みを。この小さなものが生まれるためにでも、此処にこれだけの忍耐がある！」と感激し、「この小さな虫は俺だ！　蟬よ、どうぞ早く飛立て！」と祈るあたりにも「少し病的な、大分退屈な感傷主義」を読み取ることができる。そして「デコラティブな文体」で表現された全体から、「人工性」を見て取ることができる。

一方、定本では章題はつけられておらず、途中で一行空けることによって全体を二〇に区切っているだけである（この区切りを、仮に「章」としておく）。ここに、必要と思われる章を要約してみる。第一章は転居の場面で、都会の喧騒を逃れて田舎へ移り住む主人公が描かれる。第二章で新居が、第三章で新居の来歴が、第四章で新居の庭が述べられ、第五章で初めて問題の薔薇が登場する。第七章は新居の生活。第九章には憂鬱症にかかった主人公の病状が詳細に記される。主人公は、第五章に登場した薔薇を自分の生活の象徴と見るようになっている。第一四章になると病気はかなり進行しており、殺しても殺しても同じ蛾に襲われるという恐怖、不眠、病的過敏、幻聴、幻視、幻覚、精神衰弱、虚弱感、孤独などが描かれる。第二〇章では、すでに秋も深まった頃、一時的に平静さを取り戻した主人公が描かれるが、妻が伐った薔薇の枝を火の上に取り落とした途端、再び幻視に襲われるのである。

佐藤春夫は憂鬱というものを解剖するため、憂鬱症の病状を正確に記録した。同時に客観的なものを対象化するため、意識的に文章を練り上げたのである。しかし、デコラティブな文体を使用するためには、表現すべき内容を一旦普通の言い回しで表してから、さらにそれを対象化して人為的に加工しなければならない。前述したように、佐藤春夫がデコラティブな文体を用いて執筆したのは、この『田園の憂鬱』だけである。

『田園の憂鬱』と「沈淪」の比較

郁達夫の「沈淪」は八章からなっている。第一章では、主人公の自我感覚と憂鬱な情緒が描かれている。第二章では、情況を反映して主人公の憂鬱病が深まる様子が描かれる。第三章では、憂鬱症にかかった原因が描かれる。第四章では、憂鬱症から性の苦悶へとテーマが変化し始める。第五章は片思いについて、第六章は深まる性の苦悶について描かれ、第七章で憂鬱症が頂点に達する。第八章は絶望の情緒が描かれている。「沈淪」の構成からは、郁達夫が意識的に『田園の憂鬱』に倣ったことを窺うことができる。また、この構成から、「沈淪」という作品が情緒の表現を重視していることが明らかになる。これは、『田園の憂鬱』が作品の雰囲気を重んじていることと共通している。どちらにおいても物語は展開せず、「情緒」と「雰囲気」の流れが描かれるだけである。この両者の文体は非常に似通っている。いずれも主人公の心理を散文的にとらえ、主人公の悩みを語りかけるように叙述している。(50)語りかけるような記述を採用しているので、全体として会話文が少ない。他に、外国語の詩を自国語に翻訳して引用していることなども共通点として挙げることができよう。

郁達夫と交友関係があった作家の小田嶽夫は、「沈淪」と『田園の憂鬱』の共通点について次のように記している。

達夫は佐藤春夫を尊敬していただけではなく、創作の上で多分にその影響を受けた。「沈淪」が「田園の憂鬱」に似ているところが多々あることが、何よりもよくそれを証明している。筋の上から考えれば、右の二つは似て見ようも無いように思われやすいが、じっさいはその意外なことが起こっているのである。
その似ている点を下に箇条書きにして見る。
一、「沈淪」は全体的に見て、「田園の憂鬱」のように叙情的心境小説とも言える。
一、「沈淪」の主人公は、「田園の憂鬱」の主人公と同じく憂鬱症である。
一、「田園の憂鬱」は冒頭にポーの詩（原文と訳文）を掲げているが、「沈淪」では開巻間もなく主人公が野原を散歩し乍ら、ワーズワースの詩を原文で読むところがあり、それを主人公自身が中国語に訳すのである。
一、「沈淪」では、ところどころにはさまる自然描写に非常に力がこめられている。(51)

小田嶽夫の私的には正しい面もある。しかし、彼が挙げているのは表面的な類似にすぎない。外国語の詩の引用については、ここで論ずるつもりはない。ここでは、「叙情的小説」という点について少し述べようと思う。確かに叙情、自叙、自伝という点では郁達夫と佐藤春夫は似通っている。しかし、『田園の憂鬱』において佐藤春夫が主体的（あるいは積極的）に試みているのは、芸術上の実験なのである。換言すれば、作者の意図は芸術家の苦悶を意識的に明らかにすることにある。そしてこの苦悶は薔薇に仮託して体現されている。その他にも、この作品において、佐藤春夫は左記のような工夫を試みている。

①田舎娘お桑の挿話などは、自然主義的に描かれている。
②主人公の生活の描写は、きわめて空想的、感覚的で耽美主義的である。
③月夜に黒い人影の見分けがつかないことから分裂症を想起させるなど、心理分析的な記述が見られる。
④心霊の神秘的活動についてや、月夜に狂犬の霊を見るところなどは、新しい味のある試みである。

また、『田園の憂鬱』は口語体で著されているが、そこで用いられているのは日常的な口語体ではない。この作品では、形容詞を頻繁に使用し、修飾語を多用することによって、文章が長くなっている。

換言すると、『田園の憂鬱』は才能と病的な神経の世界を交えながら描かれた作者自身の生活の実録であるとともに、人為的な加工によって創作された小説である。この作品が、精密な描写とデコラティブな文体で空想の世界を飾り、切り整えて人工美の世界に昇華させるという意図を持っていることは明らかである。

一方、郁達夫にはこうした傾向は見られない。郁達夫は「沈淪」において、受動的な姿勢で実験を試みているようにも見える。しかし、「沈淪」は条件反射的にもたらされた主人公の苦悶と憂鬱をそのまま描出したものなのである。「沈淪」も口語体で著されているが、郁達夫は形容詞の使用を極力避けている。

主人公についていえば、『田園の憂鬱』の主人公は人工的な手法によって創作された人物であり、作者と同一には受け止めにくい。一方、「沈淪」の主人公は作者と同一視することができる。

憂鬱を描いているという点で二つの作品は共通しているが、そこで描かれる憂鬱の性質は異なっている。『田園の憂鬱』の主人公が都会の喧騒を逃れるために田園に移り住んでから憂鬱症にかかったのに対して、「沈淪」の主人公は異国で差別を受けることによる苦悶、経済的困難、性的渇望などがない混ぜになって憂鬱を生じたのである。『田園の憂鬱』は孤独と倦怠の哀歌であり、「沈淪」は生の苦悶と性的苦悶の悲哀の記録であるということができよう。両者の本質は根本的に異なっているのである。

作品の結末も両者は非常に異なっている。『田園の憂鬱』の結末で、主人公は「おお、薔薇、汝病めり」ということばを発するが、彼の耳には自分以外の声に聞こえる。このことばに追いかけられる主人公は、いつまでも憂鬱を解消することができない。一方、「沈淪」では、悲哀、絶望、孤独の苦悶が日増しにひどくなった主人公が、結末において死をもって憂鬱を解消する。この「沈淪」の手法は、魯迅の「狂人日記」と類似する点が見られる。

以上のように、『田園の憂鬱』と「沈淪」は一見似ているように見えるが、本質（中身）は異なるものである。「沈淪」が日本語に翻訳されて出版されたとき、日本人の読者が違和感を覚えなかったのは、『田園の憂鬱』と形式が似ていたからであろう。しかし、両者の本質は異なっているので、作品から受ける印象も異なっていたはずである。そして皮肉なことには、郁達夫の生前には彼の作品は評価されなかった。彼が亡くなった後、彼の創作した「憂鬱美」は中国現代文学から消えてしまった。この意味で、「憂鬱美」は彼の最初の試みでもあり、創作における最後の実践でもあったのである。

【注】

（1）『増補改訂　新潮日本文学辞典』（新潮社、一九八八年）参照のこと。

（2）「自然主義は、歴史的には明治四〇年前後からようやく顕著になり、我が国の近代小説に深い影響を残した思想或いは文学運動をさす」（注（1）前掲『増補改訂　新潮日本文学辞典』）。

（3）中村光夫『日本の近代小説』（岩波新書、一九五四年）参照のこと。

（4）面白いことに、自然主義の作家たちの多くは明治四年から五年にかけての生まれで、ほぼ同年齢であった。彼らが自然主義の作家として、はっきりと自己を確立したのは明治四〇年であった。彼らの大部分はもともとは詩人であり、小説家としての活動を始めたのは、もう若いとはいえない三五、六歳になってからである。このことは明治の自然主義文学の特色の一つであった。

自然主義の作家たちは、すでに詩の方面では作風を確立していた。しかし、彼らの詩はロマン主義的な発想に基づいており、しだいに現実の社会と相容れないものとなったため、新たな表現形式を求めるようになった。この欲求が自然主義文学を生み出すことになったと見ることができよう。こうして、自然主義の作家たちは詩から散文へと転向した。散文による表現もまた自然主義の大きな特色の一つであった。

（5）野口武彦『近代日本の恋愛小説』（大阪書籍、一九八七年）参照のこと。

（6）田山花袋『野の花』新声社、一九〇一年。

（7）田山花袋「露骨なる描写」『太陽』一九〇四年二月号。

（8）郁達夫「五六年来創作生活的回顧」『文学週報』第五巻第一〇号、一九二七年。後に「『過去集』代序」と改題して、『過去集』（上海開明書店、一九二七年）に収録。

（9）同右。

（10）この点について、伊藤虎丸は「沈淪論」（『中国文学研究』第三号、一九六四年）において次のように指摘している。「『彼（郁達夫——筆者注）の文学は作家の自叙伝である』という語に代表される主張があった。それはロマン主義と写実主義を同時に含むような奇妙な主張である。が、田山花袋らの日本自然主義——私小説の理論の継承と見れば理解できる」。「彼（郁達夫——筆者注）の方法が、日本自然主義が批判的方法としてのリアリズムのもっとも困難な作業を脱落させた『写実主義で偽装されたロマン主義』であった点をそのまま受け継いでいたことを示している。そこに彼の文学の挫折の根本原因がある」。

(11) 郁達夫「五六年来創作生活的回顧」(注(8)前掲)。
(12) 同右。
(13) 伊藤虎丸「沈淪論」(注(10)前掲)参照のこと。
(14) 郁達夫『文学概説』上海商務印書館、一九二七年。
(15) 『蒲団』は、日本の自然主義を方向付けた。続いて『生』『妻』『縁』の自己の周辺を材とした三部作、『田舎教師』などによって、彼の名声は定まり、島崎藤村とならんで自然主義の王座にすわった」(注(1)前掲『増補改訂　新潮日本文学辞典』)。
(16) 巻末資料「郁達夫小説一覧(付・一九三四年の創作中断について)」参照のこと。
(17) 岡崎俊夫は「中国作家と日本」(『文学』二一、一九五三年)において、「封建主義の道徳の中でもっとも抑圧されていたのは性であり、性の解放こそ西洋では近代への巨歩だったので」、郁達夫によって「はじめて中国における近代が大きく花開いた」と述べている。
(18) 郁達夫「芸術与国家」『文芸論集』上海光華書局、一九二六年。
(19) 郁達夫「文芸賞鑑上之偏愛価値」『創造週報』第一四号、一九二三年。
(20) 正宗白鳥「自然主義盛衰史」『風雪』一九四八年三月号〜一二月号。
(21) 岩野泡鳴『神秘的半獣主義』左久良書店、一九〇六年。
(22) 同右。
(23) 『増補改訂　新潮日本文学辞典』(注(1)前掲)の島崎藤村の項を参照のこと。
(24) この点について、郁達夫は田山花袋と島崎藤村の双方から影響を受けている。ただし、「告白」(つまり自叙伝)という点は共通しているが、田山花袋とは個人と国家との関係について異なっている。「蒲団」は自己の閲歴を真摯に告白する態度、手法によって私小説の嚆矢となった。田山花袋は「事実を事実のまま自然に書く」(「事実の人生」『新潮』一九〇六年一〇月号)と述べるが、周囲の社会とは無関係である。一方、郁達夫の「沈淪」は社会と深く関わっている。「沈淪」の主人公は外因によって性格が変わったのであるから、彼の「告白」は一種の反抗だと考えることができる。
(25) 『沈淪』の発行後、郁達夫は「背徳」「不道徳」という激しい非難を浴びたが、周作人によって「芸術」「文学」と認められるようになった。彼の率直な告白は、結果として「中国の旧礼教に一個の猛烈な爆弾を投じた」ことになり、「千万年を経た甲羅の奥深く隠れていた士大夫たちの虚偽に対して全く暴風雨のような衝突をあたえ、これらのえせ道学、えせ才子どもを震い驚かせ、怒り狂わせるほどであった」。なぜなら「このように露骨な率直さは、彼らにごまかすことの困難を感じさせたからである」（郭沫若「論郁達夫」『人物雑誌』一九四六年第三号。後に陳子善編『逃避「沈淪」』東方出版中心、一九九八年に収録。訳文は伊藤虎丸による）。

また、王瑶は『中国文学史稿』（上海新芸出版社、一九五一～一九五三年）において、次のように述べている。「五四期の個性解放の思想を代表して、これを個人主義に向かって発揚したのが郁達夫の小説であり、五四期の科学観を代表して、これを汎神論的世界観に発展させたのが、郭沫若の詩である。これらは初期創造社の代表思想といえよう。その、当時の社会における意義と影響とは、即ち反封建と、現実の人生に反する破壊精神とであった」（訳文は伊藤虎丸による）。

(26) 郁達夫「関于小説的話」『文芸創作講座』第一巻、上海光華書局、一九三一年。
(27) 郁達夫「五六年来創作生活的回顧」（注（8）前掲）。
(28) 第Ⅰ篇注（5）を参照されたい。
(29) 吉田精一『現代日本文学史』（筑摩書房、一九六五年）参照のこと。
(30) 郁達夫「村居日記」（『達夫日記集』上海北新書局、一九三五年）一九二七年一月六日。
(31) 久米正雄『文芸講座』第七号、一九二五年。
(32) 同右。
(33) 郁達夫「沈淪」『郁達夫全集』第一巻、浙江文芸出版社、一九九二年。
(34) 郁達夫「她是一個弱女子」『郁達夫全集』第二巻、浙江文芸出版社、一九九二年。
(35) 小田嶽夫は『郁達夫伝』（中央公論社、一九七五年）の中で次のように述べている。「作品（『沈淪』を指す――筆者注）」の主人公にある性の飢餓、忌まわしい行為の繰り返し――これらは青年一般に共通のものだが、彼の場合はこれに弱国意識、劣等意識が付きまとっているが、日本人一般のそれとは大きく違うところである。二つのものが複合しているが彼の場合であり、この彼の苦しみが即ち郁達夫の苦しみであったと考えても、略略間違いない筈である」。
同じ「弱者」を描いても、宇野浩二が描く「弱者」は「貧乏」「女」「病気」である。郁達夫が描く「弱者」は「弱国意識」と「劣等意識」によってもたらされたものである。宇野浩二が肉体的な「弱者」を描いたのに対し、郁達夫は精神的な「弱者」を描き出したのである。

(36) 郁達夫「五六年来創作生活的回顧」(注(8)前掲)。原文は「我覚得作者的生活、応該和作者的芸術緊抱在一塊」。
(37) 郁達夫「日記文学」『郁達夫文集』第八巻、花城出版社、生活・読書・新知三聯書店香港分店、一九八三年。
(38)『増補改訂　新潮日本文学辞典』(注(1)前掲)。
(39) 郁達夫「海上通信」『創造週報』第二四号、一九二三年。
(40) 小田嶽夫『郁達夫伝』(注(35)前掲)。本篇三五頁引用文を参照されたい。
(41)『増補改訂　新潮日本文学辞典』(注(1)前掲)の佐藤春夫の項には、「大正三年慶大退学、絵に興味をもち、二科展につづけて三回入選した。その間無名の女優(後に妻となる遠藤幸子――筆者注)と同棲、一時、神奈川県都筑郡中里村字鉄に転居した。すなわち、『田園の憂鬱』の舞台である」とある。佐藤春夫が、実際に神奈川県都筑郡中里村字鉄に転居していたのはわずか八ヵ月であった。同人誌『星座』に発表した処女小説「西班牙犬の家」が芥川竜之介から激賞され、「病める薔薇」(後の『田園の憂鬱』)の構想を携えて再び東京へ戻り、借家住まいを始めたのである。当時佐藤春夫は二四歳であった。中里村での八ヵ月に想を得て、翌大正六年(一九一七年)六月、「病める薔薇」を『黒潮』に発表し、新進作家として世間の注目を浴びるようになる。
(42) 佐藤春夫「改作田園の憂鬱の後に」(『定本　田園の憂鬱』新潮社、一九一九年)参照のこと。
(43)『詩文半世紀』は一九六三年一月から五月まで『読売新聞』(夕刊)に連載され、同年八月に読売新聞社より刊行された。当時、佐藤春夫はすでに七一歳であった。
(44)『佐藤春夫』(日本詩人全集、新潮社、一九六七年)によれば、佐藤春夫は武者小路実篤の文体から暗示を得て、しゃべるように書くという独自の散文のスタイルを確立した。ちょうどこの頃、武者小路実篤の自由画のような文体が現れたので、結晶体のスタイルをあきらめ、流動体のスタイルに転向したのであろう。
(45)『佐藤春夫集』(日本現代文学全集、講談社、一九七二年)において、佐藤春夫は編者の中村完に次のように語っている。「心理描写は漢文の文体では不可能だ。『西班牙犬の家』を書いたときは、結晶体をあきらめていた。これは流動体、つまり書き放しの文体である。自分はいつもちがったことをしたくなる」。「流動体の文体の作品は私のすべての作品がそうである。しかし、『田園の憂鬱』も『或る女の幻想』もともに流動体までは行っていない。『田園の憂鬱』に用いたのはデコラティブな文体で、この文体はこれでもう十分書いたので、かきたくなくなった。デコラをとりのぞいた文体で書いたのが『都会の憂鬱』である。これが緒についた」。この説明から、結晶体という文体がどのようなものかを理解できよう。それは純然たる事実直叙式の文体である。

(46) 佐藤春夫「思ひ出と感謝」『退屈読本』新潮社、一九二六年。
(47) 佐藤春夫『詩文半世紀』(注(43)前掲)。
(48)『田園の憂鬱』の引用は、『佐藤春夫集』(新潮日本文学、新潮社、一九七三年)による。
(49)『佐藤春夫集』(注(45)前掲)参照のこと。
(50) 佐藤春夫『詩文半世紀』(注(43)前掲)参照のこと。
(51) 小田嶽夫『郁達夫伝』(注(35)前掲)。共通点の指摘に続き、小田嶽夫は異なっている点についても、次のように指摘している。「『沈淪』が『田園の憂鬱』からの多分の影響を示してい乍らも、二つの作品は根本的に似つかない。後者の『憂鬱』は主人公の『退屈』が根底になっていて、天下泰平で、『国家』などとはまるきり無縁なのに対して、前者の『憂鬱』は『祖国の劣弱』に根ざしていて、すべてが国家に還元されるところに、本質的な大きな違いがある」。

Ⅲ　郁達夫の小説における美学と作風の変遷

一、美の追求

「真」と「美」

郁達夫の小説を一読すると、思いのままに抒情的に書き上げたような印象を受ける。しかし、読み込んでいくうちに巧妙に構成された作品だということに気がつくであろう。特にことばの使い分けや文の構造などに工夫が施され、自然で流暢な表現を可能にしている。郁達夫は表現の美意識について、「唯真唯美の精神を持って文学作品を創作する」(1)と繰り返して強調している。彼は創作において、特に「真」と「美」を重んじている。郁達夫は、「真」について次のように記している。

芸術の価値は、すべて「真」の一字にある。これは古代にせよ、現代にせよ、外国にせよ、同様である。(2)

一方、「美」については次のように記している。

芸術とは形式と精神における美を追求することである。私は唯美主義者のように偏執的ではないが、美の追求こそが芸術の中心であることは認める。自然の美、人体の美、人格の美、感情の美、あるいは抽象的な悲しい美、雄大な美、およびその他のすべての美の要素が芸術の主要成分なのである。(3)

郁達夫は芸術における自然、人体、人格、感情、風格などの美を追求しているのである。とりわけ彼の小説においては、自然の美と人体の美の描写が重視されている。まず、自然の美の描写について見てみよう。

自然の美の描写

小説「南遷」の冒頭では、日本の房総半島の景色について、遠くから眺めると「瓢箪のような形の半島で、広々とした太平洋に浮かんで」おり、近くで見ると「打ち寄せる波、青い空、新鮮な空気、なだらかな山々、海岸に漂う靄、中世のようなロマンチックな雰囲気は、華麗な夢の世界を思わせる」(4)と描写されている。

また、「紙幣的跳躍」においては、郁達夫の故郷富春江の景色が次のように描かれている。

朝の太陽が河の東にゆっくり昇ってくると、朝霧がしだいに薄くなり、晴れ渡った青空にはいくつかの薄雲が見えてくる。冷たい風が吹くと、河面にかかる霧が吹き払われ、真っ白な水面に葉っぱのような漁船が二、三隻現れる。(5)

まるで蓬萊の仙境を思わせるような描写である。こうした描写は単なる風景描写ではなく、作中人物の感情を惹起するための手法である。郁達夫は作中人物の感情を通して風景を描いているので、主観的な色彩が濃厚に感じられる。

郁達夫の小説における主人公は、悩みと悲しみと苦しみに満ちた弱者である。(6) 風景描写からもほのかな悲しみを窺うことができる。例えば、「青煙」において、窓の外を見た「私」の目には「暗い夏の夜空にちりばめられた星」が映り、「冷たく寂しい感じ」が増す。(7) ここでは感情と景色と人間の描写が混然一体となって、陰鬱で凄惨な美が表現されている。他にも、『迷羊』や「茫茫夜」における描写は悲哀感に満ちあふれている。郁達夫は「残冬」「淡月」「枯れ葉」「哀柳」「烏」「茅舎」などの語句を盛んに使用して風景を描写することで、「一種の悲しい美の感覚であり、安穏な暮らしの中では消えていく美の感覚」(8) を追求しているのである。

人体の美の描写

次に、郁達夫の小説における人体の美の描写について見てみよう。彼は、現実を重視し、道徳や礼教を無視することによって、自己満足と性の欲望を追求している。そのため、彼の小説には女性の肉体の美についての描写が数多く見られる。例えば、「蜃楼」という小説には次のような描写がある。

漆黒の髪の毛を後ろに撫でつけ、肌は透き通るような乳白色で、目が非常に大きく、瞳は真っ黒であった。面長な顔立ちは少しやつれていたが、頬骨が低く、鼻筋が通っていて、小ざっぱりとした感じがする。顔全体は鵞鳥の卵のような滑らかな楕円形で、中央が高く、端が細かった。唇は蒼白く、上下の曲線は円形だが、くっきりとしていなかった。髪の毛や瞳や黒い旗袍（チャイナドレス——筆者注）などが病気で乳白色になった彼女の顔を引き立て、人を迷わせた。(9)

非常に詳細な「蜃楼」の描写は、郁達夫の作品の中でも特に成功した例であろう。郁達夫はしばしば「豊満な肉体」「赤い唇」「むっちりした白い腿」「雪のような肌」といった表現を用いた。このような露骨な描写は批判を受ける原因にもなったが、もしこのような描写がなかったならば、郁達夫の小説の特徴が失われてしまうであろう。こうした「美」を十分意識させる効果のある描写を用いることによって、郁達夫はその独特な作風を成立させているのである。

二、作風の変化

創作活動の後期になると、郁達夫の小説における人体の描写には変化が見られるようになった。同じように女性への思慕を描いてはいても、性欲が露骨に描写されている「沈淪」「春風沈酔的晩上」「秋柳」といった前期の作品と異なり、一九二七年以降の作品は性欲の描写から解放されている。「十三夜」と「馬纓花開的時候」は、こうした傾向を窺うことができる典型的な作品である。一九三二年の「遅桂花」になると、性欲の描写はまったく見られなくなる。こうした描写の変化は、郁達夫の創作方法の変化に伴って生じたと考えられる。

この時期以降、郁達夫の小説にはロマン主義的・感傷的な傾向が現れるようになったが[10]、人物の描写にあたってはしばしばリアリズム的な手法が用いられている。また、郁達夫は自然主義的な手法を用いることによって、男女の関係を赤裸々に描き出すこともあった。そこでは、特に主人公における霊と肉、道徳と情欲の矛盾が重視され、弱小国民の自覚や憂鬱、孤独、苦悶なども反映されているが、同時に頽廃的・自己否定的なロマン主義の影響をも受けている。郁達夫の作品の傾向はロマン主義的であり、そこで追求されているのはリアリズムのような質素で綿密で沈鬱な美ではなく、華麗で放縦な美なのである。しかし、当時の社会と相容れない作品は文壇では受け入れられなかった。郁達夫の描写も中国の文壇において強い批判を浴びた。特に女流作家の蘇雪林は、郁達夫を厳しく批判した[11]。こうした外部からの圧力により、郁達夫は作風を変えざるを得ない窮地に追い込まれた。彼自身も、頽廃的な描写には否定的な面が大きいということは自覚していた。彼は一九二七年一月一七日に「無産階級専政和無産階級的文学」という論文を発表した。この論文では、中国においてプロレタリアートと文学とを結びつけることが提唱されている。郁達夫は次のように記している。

本当に革命を徹底しようとするならば、プロレタリアート、労働者、農民を中心としなければ成功しないであろう。真のプロレタリア文学は、プロレタリアート自身の手によって創作されなければならない。そして、創作に成功した暁にはプロレタリアートが政権を握るのである。(12)

この論文が発表された後、郁達夫の作品にはリアリズム的な傾向が強く窺えるようになった。例えば、『迷羊』『她是一個弱女子』「出奔」などの作品には、性欲の描写がほとんど見られない。特に「出奔」においては、主観的・抒情的な描写は最低限にまで押さえられ、リアリズムの作品とあまり変わらない。リアリズム的な手法の多用に伴い、郁達夫自身の美に対する嗜好も変化した。後期の作品には自然の描写が多く見られる。しかしながら、結局郁達夫がリアリズムを全面的に適用した作品を完成させることはなかった。後期の作品にも、独白による叙情、自我の解剖、感傷的な色彩が濃厚に感じられるのである。郁達夫の作品が一貫してロマン主義に属していることは間違いない。確かに描写の手法は変化している。しかし、本質は変化していないのである。

総じていえば、郁達夫の後期の作品における美学は、性の苦悶から清心寡欲（心を清らかに保ち欲情を去る）へ、人体の美から自然の美へ、邪悪から荘重へ、熱烈から静粛へと変化していった。しかし、郁達夫の四七篇の小説(13)の中心には、一貫して「病的な美」が描かれていたことには変わりがなかった。後期には作風が少し変化したように見えるが、局部的な現象にすぎない。本来の作風は変わっていなかった。これが郁達夫の小説における美学なのである。

【注】

（1）郁達夫「芸術与国家」『文芸論集』上海光華書局、一九二六年。
（2）同右。
（3）同右。
（4）郁達夫「南遷」『沈淪』上海泰東書局、一九二一年。
（5）郁達夫「紙幣的跳躍」『北新半月刊』第四巻第一二号、一九三〇年。
（6）本書第Ⅱ篇を参照されたい。
（7）郁達夫「青煙」『創造週報』第八号、一九二三年。
（8）郁達夫「過去」『創造月刊』第一巻第六号、一九二七年。
（9）郁達夫「蜃楼」『青年界』第一巻第一号〜第三号、一九三一年。
（10）趙園「郁達夫『自我』写真的浪漫主義小説」（『十月』一九八一年第二号）参照のこと。
（11）蘇雪林は「郁達夫論」（『文芸月刊』第六巻第三号、一九三四年）において郁達夫を批判した。巻末資料「郁達夫小説一覧（付・一九三四年の創作中断について）」参照のこと。
（12）郁達夫「無産階級専政和無産階級的文学」『洪水半月刊』第三巻第二六号、一九二七年。
（13）巻末資料「郁達夫小説一覧（付・一九三四年の創作中断について）」参照のこと。

Ⅳ　郁達夫の小説における感傷

郁達夫は感傷的な小説によって、煩悩にあふれた時代の情景と煩悩にとらわれている青年の実像を再現してみせた。郁達夫は、当時の青年の苦悩として「性の煩悩」「性の圧迫」「死の恐怖」を挙げている。(1)

一、「悲しみ」と「苦悶」

それでは、なぜ郁達夫は感傷的な小説を著したのであろうか。郁達夫の人生は悲しみと苦悶に満たされていた。彼の創作の原動力は「悲しみ」と「苦悶」であった。そのため、郁達夫の作品には終始一貫して感傷的な色彩が濃厚だったのである。このことは彼の家庭状況、およびその時代背景と無関係ではない。銭杏邨は、次のように述べている。

〈郁達夫は〉幼い頃に父を失い、同時に母の慈愛をも失った。この幼年時代の悲哀は彼が憂鬱にとらわれる発端となった。成長すると、結婚生活の不満、生活の不安定、経済的逼迫、社会的苦悶、故国への哀愁、眼前に露呈する労働階級の悲惨な生活の実情などが相重なって彼の憂鬱症を無限に亢進させた。ついには、文字によって吐露せざるを得なくなり、その生活は完全に病的なものとなったのである。郁達夫の生涯における第二の時期に入ると、経済的な逼迫によって性的苦悶はその中心的地位を失い、それに代わって経済的苦悶が中心となる。……経済的苦悶は社会的苦悶の一部である。さらに社会の盲目、社会の浅薄、社会の腐敗、才能ある人々に対する社会の迫害など他の社会的苦悶も加わって、青年は無惨に押しつぶされかねない状況に追い詰められた。しかし、郁達夫はいつまでもこのような苦境に甘んじていなかった。彼は絶えず出口を求め、つねに光明を捜していた。ついに彼は革命的なK省（広東省——筆者注）へ赴いた。……社会的苦悶は依然として続いたが、結局は政治的苦悶に圧倒されてしまった。こうして、郁達夫がK省到着以後に著した文章からは従来の苦悶が徐々に消失し、代わりに政治的苦悶が顕著に認められるようになった。(2)

引証はこれぐらいに止めるが、いかに苦悶が大きかったかが一目瞭然であろう。このようにさまざまな要因により、自分自身を「文字によって吐露せざるを得なく」なったとき、郁達夫が自分自身を表現するのにふさわしい文学形式を模索したのは当然のことであった。日本において彼は「男女関係」「悲哀関係」「憂鬱関係」「遊閑関係」を扱った多数の日本文学を読破した。そして、日本の自然主義文学および私小説は、郁達夫にとって創作の糧となった。彼は自然主義文学や私小説の創作方法を模倣して、自分の経験を踏まえて作品の主人公に変身したのである。

二、倉田百三の影響

郁達夫の感傷的な美学は倉田百三が描く悲哀の影響を受けている。しかし、倉田百三の作品と比べると、郁達夫の作品においては悲惨さの程度が甚だしい。倉田百三の『出家とその弟子』(3)においては、異性や肉親への愛に悩む作中人物が、煩悩を断ち切れぬまま仏道によって救われるのに対して、郁達夫の「沈淪」の主人公には救われる道がなく、海に身を投げて自殺するのである。

郁達夫は『出家とその弟子』の中国語版序文において、次のように記している。

当時の日本は、政治は小康を保っていたが、思想は縦横に交錯し、乱れていた。国民は古い伝統を破壊すべきだと感じていたが、人々が安心して暮らせる新しい思想はまだ見つかっていなかった。思想的に敏感な青年は虚無主義に流れ、華厳の滝に身を投げて自殺する者もいた。意志が弱い者は頽廃の徒となり、目の前の官能に甘んじることで満足していた。私が日本に留学した当時、第一高等学校の学生で自殺する者が年に必ず何人かいた。酒色に耽り、何度も鉄拳で制裁されても悔い改めようとしない学生が一学期に何人もいた。(4)

この文からは、当時の状況が生き生きと目の前に浮かんでくる。郁達夫はこのような社会の風潮から大いに影響を受けた。その上、彼は弱小国の民であることを自覚していたので、感傷的な色彩がさらに濃厚になった。これも郁達夫の小説が感傷的である一因であろう。

【注】

（1）郁達夫『文学概説』（上海商務印書館、一九二七年）、および同『戯劇論』（上海商務印書館、一九二六年）による。

（2）銭杏邨「後序」、郁達夫『達夫代表作』上海春野書店、一九二八年。

（3）倉田百三の代表作『出家とその弟子』は『歎異鈔』の教えを戯曲化したもので、大正期宗教文学の代表作。異性や肉親への愛に悩む主人公が、それを断ち切れぬまま仏道によって救われるというあらすじである。

（4）郁達夫「序」、倉田百三著、孫百剛訳『出家及其弟子』上海創造社出版部、一九二七年。郁達夫は、友人の孫百剛がこの作品を中国語に翻訳した際に序文を寄せたのである。

V　郁達夫の日記について

はじめに

東京大学在学中の一九二一年、第八高等学校に留学していた当時の体験をベースに、性の悩みなどを大胆に吐露した自伝的小説「沈淪」を発表した郁達夫が、二〇年代中国の文壇に新風を吹き込み、中国文学史上に不動の地位を獲得したことは、誰もが知悉している事実であろう。同時に、郁達夫が豊富な日記作品を残していることも広く知られている。

一九二七年九月、郁達夫は上海北新書局から『日記九種』を単行本として出版した。(1)これをきっかけに、日記の読者が急増し、日記をつける人も増えてきた。新聞、雑誌、出版社なども積極的に日記を取り上げるようになったので、日記文学がブームになった。この状況について郁達夫は、一九三五年七月に出版された『達夫日記集』に「再談日記」という短い論文を掲載し、社会的な反響を呼び起こした。以下、その当時の状況をある程度理解するために引用してみる。

この七、八年、日記形式の作品が徐々に増えてきた。しかも単行本や選集として、街の書店にも十数種類の日記が出回っている。これは、最近中国の読者が日記をつける習慣を持つようになったことを物語っている。[2]

この文章から、郁達夫の『日記九種』が当時の中国に一大センセーションを巻き起こした様子を窺うことができる。本篇では、中国で評判となった郁達夫の日記作品について分析を加えてみたい。

一、日記という形式

郁達夫は一九二七年六月一四日に執筆した「日記文学」において、日記という形式について次のように語っている。

散文を創作するにあたって、もっとも便利な形式は日記体であり、その次は書簡体である。[3]

さらに、郁達夫は次のように強調している。

日記文学は文学の核心であり、正統な文学以外の宝庫である。[4]

元来郁達夫は感想文、読書録、人物紹介、旅行記、雑感、随筆などを多く著す文学者であったが、この引用文からもわかるように、彼が特に好んだのは日記というスタイルであった。彼は古今内外の日記文学を多く読み、自らも日記の形式で創作活動を展開したのである。

一九二一年の「塩原十日記」[5]から、一九三七年の「回程日記」[6]まで、郁達夫は一六年にわたって日記作品を発表した。惜しいことに、日本に留学していた一九一三年から一九二一年、および一九三八年から一九四五年[7]に綴られた手記や日記は紛失したり、未見のまま埋没してしまったが、現存している作品だけでも、その総文字数は三〇万字を遥かに超えている。この分量は、彼の他ジャンルの作品に匹敵する膨大なものである。郁達夫は単に日記文学を提唱するばかりでなく、自ら日記文学の創作に携わった実践者だったのである。

二、日記執筆の理由

紀田順一郎は「こころ屑籠——『蘆花日記』」において、次のように述べている。

人はなぜ日記をつけるのかという問題には容易に答えを出せないにしても、いかなる動機で日記をつけるようになったかということは、ある程度は推測が可能と思われる。理由もなく、とつぜん日記をつけはじめるということはないのであって、必ず直接の動機がある。たとえば日記に記録するに価する生活上の展開を予測したとか、あるいは一種の意識革命を行おうとしたとかいうことが考えられる。……森鷗外や永井荷風などの知識人が洋行を機会に日記をつけはじめているのは、外国へ行くということが即人生上の一大転機となり得ることが予感されていたからであろう。[8]

確かに、理由もなく日記をつけることは考えられない。それでは、郁達夫は何のために日記をつけようとしたのだろうか。この疑問に対し、彼は「再談日記」において次のように答えている。

日本に留学していた時期、断続的ではあったが多くの日記をつけた。しかし、これらのノートはどこかに紛失してしまい、現在一冊も見つけることができない。帰国後は、雑誌の編集や教育の仕事に携わっている間も、日記をつける習慣が絶えることはなかった。だが、ありきたりな生活の記録は、自分で読んでいていやになる。南の広州へ赴いたり北の北京に戻ったりと、生活が変化しはじめた頃から、少しずつ日記をつけることが多くなった。日記をつけはじめた当初は、くだらない日常茶飯事を他人の前にさらけ出そうなどという意志はなかった。しかし、生活費の足しにと『日記九種』を出版すると、意外なことに何万部も売れた。そこで印税を稼ぐために、出版社任せで版を重ねた。その後、雑誌の編集者や出版社の求めに応じ、これまでばらばらに書きためた日記をまとめて当座の間に合わせとした。こうして、『日記九種』の後も多くの日記の断片を発表した。この度全集を編むにあたっては、着手しやすいところから着手した。そこで、まず日記を改めてまとめて書き直し、本書ができあがったわけである。これが私のこの日記を諸君に公開した経緯なのである。(9)

当初は公表したくなかったにもかかわらず郁達夫が日記を公表した理由の一つは、生活費の足しにするためであった。この時期の日記に記録されている生活苦に注目してみる必要があろう。日本から帰国した後、郁達夫は職を転々と替えた。その間、子供の夭折、自身と妻の病気、後に二番目の妻となった王映霞との出逢い、大恋愛、結婚、杭州に新居を購入、移住などの出来事が続けざまに起こったのである。

また、「沈淪」を発表して以来、郁達夫をめぐる文壇の評価は賛否両論であった。若い読者にはかなりの人気を博したが、伝統的な文人には批判的な態度を示す人が多かった。この状況を打開しようと考えた郁達夫が、小説以外のジャンルの創作を試みたことも、日記を執筆した理由の一つだと考えられる。

三、郁達夫の日記の特徴

整った形式

郁達夫の日記作品のほとんどは、郁達夫自身の手によって整理され、生前に発表されたものである。中国現代作家の中で、生前に発表された日記作品の数がもっとも多いのは郁達夫であろう。彼は一時期、小説の代替物として発表するために日記を記していた。彼の日記作品を読むと、人に読んでもらえるよう、きちんと形式を整えていたことがわかる。これを、郁達夫の日記作品における第一の特徴だと見ることができよう。

率直な告白

郁達夫の日記作品の第二の特徴は、日記という形式に託して、自分のすべてを赤裸々に公表したことである。郁達夫が小説を創作する際に適用した手法は、何も隠さず、自分のすべてをさらけ出すことであったが、この手法は郁達夫の日記文学における最大の特徴でもある。郁達夫は「再談日記」において、次のように述べている。

その当時の自分自身に関すること、その当時の社会に関することを率直に記した日記こそが、日記の本流である。(10)

郁達夫はこの主張を忠実に実践した。一九二一年一二月に出版された『語絲』(11)第四巻第三期の広告欄には、郁達夫

『日記九種』の刊行予告が掲載されている。この広告は、次のように謳っている。

本書において、我々はこの日記そのものを鑑賞することができるばかりではなく、郁達夫先生の赤裸々な実生活を窺うこともできる。著者の他の作品を読む際、さらに深く理解することが可能となろう。(12)

個性の発露

前述したように、郁達夫は「散文を創作するにあたって、もっとも便利な形式は日記体であり、その次は書簡体である」と記している。(13) そればかりでなく、彼は散文を著すにあたっては自叙伝的な手法を用いるべきだと文壇に提唱した。彼は『中国新文学大系・散文二集』の「導言」において、次のように述べている。

現代散文における最大の特徴は、その作品に従来の散文よりはっきりと刻印された作家一人一人の個性である。昔の人が述べたように、すべての小説は自叙伝的な色彩を帯びており、その作風や作中人物から作者本人の姿を窺うことができる。しかし、現代散文はより自叙伝的な色彩が強い。現代作家の散文作品を読むと、我々はその作家の家系、性格、嗜好、思想、信仰や生活習慣等などを生き生きと思い浮かべることができる。こうした自叙伝的な色彩こそが、文学においてもっとも貴ぶべき個性の表現なのである。(14)

ここで郁達夫は、個性を表現することの大切さを延々と述べている。彼の日記作品には、彼自身の個性を見出すことができる。この個性こそ、郁達夫の日記作品の第三の特徴である。

多岐にわたる内容

郁達夫の日記作品の第四の特徴は、その内容の豊富さであろう。郁達夫の日記作品のテーマは、当時の政治に対する憤り、私生活における感情の移り変わり、旅行記、読書録などに大別することができるが、そこで扱われている話題は、祖国、民族、友人、異性、文学、読書、旅行など多岐にわたっている。以下に、郁達夫の日記の内容について、例を挙げて見てみたい。

四、郁達夫の日記の内容

政治への憤り

一九二一年に帰国した後、郁達夫はなかなか仕事を見つけることができなかった。九月の末になって郭沫若からの紹介を受け、上海から船に乗って、一〇月一日に安慶市にある安徽省立法政専門学校の英文科主任として着任し、英語やヨーロッパ革命史の講義を担当することになった。彼はこの学校に着任した翌日から日記をつけ始めた。一九二一年一〇月二日から六日までを記した「蕪城日記」において、郁達夫は次のように述べている。

役人、軍隊を率いる者、各団体の代表者、売春婦、一日中遊んで過ごす者、彼らを全部殺してしまえば、私たち中国人民はこれほど苦しい立場に陥らずに済むだろう。大同の世界を実現することができるだろう。(15)

また、蔣介石によって、上海で多くの共産党員や労働者が虐殺された一九二七年四月一二日の日記には、次のように記されている。

東の空がまだ暗いうちに、窓の外から銃声が聞こえてきた。起床して顔を洗い、着替えをした。寒くてたまらない。急いでドアから出て、付近に駐屯している兵隊に尋ねてみると、組合のピケ本部と武装解除のために軍から派遣された兵士との間で銃撃が行われているという。何人かの通行人が負傷し、死者も出たということであった。私はオーバーを引っかけると、南駅から列車に乗ろうと危険を冒して走りだしたが、途中で不意に警戒態勢の兵士に阻止された。……

午後、友人を訪ねた。今回の蔣介石の高圧的な方針について、誰も心中の怒りを口には出さなかった。[16]

郁達夫は、市民運動の勝利と官僚と軍閥の敗北を心から祈っていることをはっきりと記している。これは祖国や民族に対する郁達夫の関心の現れと見ることができる。

感情の移り変わり

『日記九種』は、中国新文学運動史上においてもっとも注目を集めた日記文学である。出版されると、すぐに社会の大きな反響を呼び、九回も版を重ねた。この日記には、王映霞との恋愛から結婚、離婚へ至る心理の変化が克明に描き出され、日記としてよりも小説として読んだ方がよいと主張する人もいる。[17] 曾虚白は『日記九種』を次のように評している。

この本を読み終わって、我々は作者の率直さと大胆さに敬服するだろう。彼は人類が常用している各種のごまかしを一掃し、自分の放浪生活を赤裸々にさらけ出した。……九つの日記の中では、「窮冬日記」「新生日記」「閑情日記」における著者と王女史との恋愛史の描写がもっとも優れているといえよう。彷徨する憂鬱な心理の描写は作者本来の特徴であるが、恋愛の過程における彼の感傷と悲嘆は、確かに読者を感動させることができる。我々は心から同情し、作者の小説『迷羊』を読んだ後と同じように感動することができる。また、我々はこの本から、文学に関する作者のさまざまな雑感を知ることもできる。[18]

性の苦悩

郁達夫は日記作品においても、自分自身の性の苦悩を率直に暴露したので、「沈淪」と同じように、世間から厳しい非難を浴びた。『日記九種』の「后叙」には、次のように記されている。

読者に対して、この半年来の生活の記録をすべて明らかにした。知己あるいは私を責めるかどうかは読者の判断に任せる。私にはこじつけたり隠したりする必要がない。中年を過ぎてから感情の変化に遭遇し、紆余曲折を経て万人から攻撃の標的とされ、すべてを犠牲にしてもまだ足りない。最後には闇討ちに遭い、十数年の友人とも敵対せざるを得ない。この日記が、私に代わっていくらかはこれらの事情の申し開きをしてくれるであろうと確信している。[19]

旅行記

「杭州小歴紀程」「西游日録」「南游日記」などの作品は、日記体による郁達夫の代表的な旅行記である。上海から杭州に移り住んで以後、[20]郁達夫は盛んに日記体の旅行記を執筆するようになった。杭州に移った前後、郁達夫の思想は変革期を迎えた。[21] この時期以降、郁達夫はほとんど小説を執筆しなくなり、発表もしなくなった。そして、小説に代わって散文形式の作品が著されるようになったのである。中でも特に多かったのが、日記体の旅行記だった。日記体の旅行記を執筆する理由について、郁達夫自身は次のように説明している。

この度浙江省東部を旅行したのは、杭江鉄道局に依頼されたということもあるが、ちょっと憂さを晴らすという気持ちもあった。杭州に移り住んで半年。文章も書かない。客にも会わない。ひたすら悶着を起こすことを恐れ、注意深く神経を張りつめ、口は災いのもととばかり、金人（金属製の像――筆者注）に倣って黙り込んでいる。[22]

この文章は、この時期に郁達夫が置かれていた境遇と心情を物語っている。これを機に郁達夫は、一九三二年から一九三六年にかけての四年間、青島、済南、北平、北戴河、福州などの地に足を運び、人口に膾炙している旅行記を世に残した。郁達夫は旅行記において、山河や風景の美しさを描写するだけにとどまらず、歴史や人物・物語なども取り上げている。その土地の歴史を知ることができ、再読にも耐え得るので、現在でも多くの読者を獲得している。

読書録

読書家としての郁達夫は広く知られたところである。彼は第八高等学校に在学していた四年間で、千冊の小説を読破した。[23] 蔵書も三万冊を超えているといわれている。[24] 郁達夫は英語、ドイツ語、フランス語、ロシア語、日本語に堪能だったので、外国語の本もかなり所有していた。そうしたわけで、郁達夫の日記には、本の購入や読書生活について多く記されている。次に挙げるのは、自伝的な作品「遠一程、再遠一程」において、自分が影響を受けた本について述べた部分である。

梅花碑の古本屋でたくさんの本を購入した。この中には、私に多大な影響を及ぼし、その年の夏休みを非常に楽しくさせてくれた本が三冊あった。一冊目は、黎城靳氏の『呉詩集覧』であった。呉梅村（清の詩人呉偉業――筆者注）夫人の姓は郁という。その当時、私はまだ呉梅村の詩の善し悪しが十分にわからなかったが、彼が自分と同じ「郁」という姓と姻戚関係にあることを知って、一種の説明できない親近感を覚えた。二冊目は、『庚子拳匪始末記』という著者の名前が記されていない本であった。この本には戊戌政変が起きてから、六君子の殺害、李蓮英が受けた寵愛、連合軍の北京侵入、円明園の放火までが描かれており、(25)読むと義憤が胸いっぱいに満ちあふれた。三冊目は、曲阜生まれの魯陽孔氏が編集した『普天忠憤集』である。甲午戦争（日清戦争――筆者注）前後の上奏文を集成したもので、意気軒昂たる詩・詞・賦・頌が多く収録されている。読んだ後、中国にはまだ多くの人材がいることを知り、まず亡国することはないだろうと考えた。(26)

郁達夫の日記には、読後の感想も多く残されていた。一九三五年九月一日の日記を見ることにしよう。

窓の外は秋雨がぱらついている。大雨になる予感がする。自らの晩年を憂い、惨たらしさが倍増した。今月中に仕上げなければならない原稿を数えてみると、『文学』に一篇、『訳文』に一篇、『現代』に一篇、『時事新報』に一篇の合わせて五社《ママ》。一〇万字あれば間に合うが、『宇宙風』『論語』などに投稿する分は計算に入っていない。毎日平均して五千字を書くとすれば、二〇日間続けて一刻の暇もとれないことになる。しかし、一日に五千字を書くのは容易なことではない。

午後、来客が絶えない。合わせて八人である。夕方湖畔に渡って、天香楼で夕食をとる約束がある。(27)

郁達夫は多忙な毎日を送っていたが、決して読書の習慣を捨てたわけではない。原稿を書けば書くほど、多くの本を読まなければならなかった。

そもそも書籍は人類の思想の結晶であり、人類の思想を啓発する母胎でもある。書籍は人生に生存の意義を見出させ、知識の飢餓に養分を提供する。世界の大思想家、大発明家はみんな本の山に入って、そこから帰ってくるのである。

書籍と人類とは密接に結びついている。古くから多くの学者が、書籍を人類の友と見なしている。(28)

五、郁達夫の日記の魅力と欠点

郁達夫の日記は生活上の苦しみ、悲しみ、政治や社会に対する不満の記録に満たされているが、自叙伝的・個性的な作風を求める信念が放棄されたわけではない。彼自身も、ありきたりの生活の記録には甘んじないと述べている。(29)郁達夫の日記には人間臭いという特徴もあるが、自然への関心や繊細な美意識がこれっぽっちもないため、非常に一本調子で散文的な印象を受ける。日本の作家と比較すると、その違いがより際立つことになる。例えば、紀田順一郎は「こころ屑籠――『蘆花日記』」において、永井荷風の日記の特徴を次のようにまとめている。

荷風の日記の多くの部分はこのような文人趣味に支配されているが、その底には、多くの私たち日本人が抱く日記への固定観念が流れているのである。変化に乏しく、さほど重要でない日々のなかに四季の変化や時間の変遷

という ささやかな詩的要素を配してアクセントとし、一日ごとにしめくくる。つまり平凡な日々を一篇の俳句で総括するような意識である。歳月は移れども、そのような意識だけはいささかの変化もなく、自分という存在は季節のなかを漂っている――というのが日本人の好む感覚であろう。

最も散文的な日記ですら、日本人のそれならどこかに生活上の美意識を発見することが可能であって、外国人の日記にはあまり見ることのできない特質といえる。(30)

郁達夫は生活苦から懸命に抜け出そうとしたが、なかなか脱出できるような状況ではなかった。そこで、彼の日記には、無類の率直さで生活苦を告白する内容が多いが、平凡な日常の中に美を見出す意識は欠けている。郁達夫の日記を読むと、環境も意識も社会からまったく孤立しているような感じがする。

一方、郁達夫の日記の魅力は、事実をありのままに表現するところにあるといえよう。「沈淪」を始めとする彼の小説は、確かに大きな社会的反響を呼んだ。しかし一連の小説は、巷の娼婦との出逢い、その性交渉のありさま、病気や生活苦との戦い、子供との死別、愛情と葛藤とをきわめて即物的に書いた彼の日記に、そのリアリティーや迫力において到底太刀打ちできないと思われるのである。郁達夫の日記における、欲望の赤裸々な告白は、彼の小説における人間や自分自身に対する認識や把握のレベルを凌駕しているのである。

【注】

（1）郭文友『千秋飲恨――郁達夫年譜長編』（四川人民出版社、一九九六年）によると、単行本『日記九種』は、上海北新書局より一九二七年九月一日に出版された。この書物には、「労生日記」（一九二六年一一月三日～三〇日）、「病閑日記」（一九二六年一二月一日～一四日）、「村居日記」（一九二七年一月一日～三〇日）、「窮冬日記」（一九二七年二月一日～一六日）、「新生日記」

（一九二七年二月一七日〜四月二日）、「閑情日記」（一九二七年四月二日〜三〇日）、「五月日記」（一九二七年五月一日〜三〇日）、「客杭日記」（一九二七年六月一日〜二四日）、「厭炎日記」（一九二七年六月二五日〜七月三一日）の九篇と「后叙」が収録されている。この日記は、郁達夫と王映霞との恋愛の記録である。新文学作家が自らの手による日記を出版したことは、社会的に多大な反響を呼んだ。出版されて間もなく『日記九種』は九回版を重ね、発行部数は三万部に達したという。

（2）郁達夫「再談日記」『郁達夫文集』第七巻、花城出版社、生活・読書・新知三聯書店香港分店、一九八三年。

（3）郁達夫「日記文学」『郁達夫文集』第八巻、花城出版社、生活・読書・新知三聯書店香港分店、一九八三年。

（4）同右。

（5）郁達夫「塩原十日記」（『雅声』第三〜第五集、一九二一年）は一九二一年八月一〇日から一八日までの日記。

（6）郁達夫「回程日記」（『新青年』第一二巻第一号、一九三七年）は一九三七年四月三〇日から五月四日までの日記。

（7）郁達夫は、一九四五年八月二九日にスマトラで日本軍憲兵に拉致され、絞殺された。

（8）紀田順一郎「こころ屑籠――『蘆花日記』」『日記の虚実』ちくま文庫、一九九五年。

（9）郁達夫「再談日記」（注（2）前掲）。

（10）同右。

（11）『語絲』誌は、魯迅が編集長を務めていた。

（12）胡縦経編『郁達夫日記集』陝西人民出版社、一九九四年、三頁。

（13）郁達夫「日記文学」（注（3）前掲）。

（14）郁達夫「導言」『中国新文学大系・散文二集』上海良友図書公司、一九三五年。この「導言」において、郁達夫は中国散文の歴史および当時の作家たちについての評価を詳細に述べている。

（15）郁達夫「蕪城日記」（『時事新報・学灯』一九二一年）一九二一年一〇月六日。

（16）郁達夫「閑情日記」（『日記九種』、注（1）前掲）一九二七年四月一二日。

（17）胡縦経編『郁達夫日記集』（注（12）前掲）によれば、『日記九種』の出版予告には、「この日記には、美しく緻密に描かれている散文詩も、生き生きとしたコントも、心の動きの移り変わりを描写した小説もある」と記されていた。

（18）曾虚白「日記九種」『真善美』第二巻第六号、一九二七年。後に鄒嘯編『郁達夫論』（上海北新書局、一九三三年）に収録。

(19) 郁達夫「后叙」（注（1）前掲『日記九種』）。
(20) 一九三三年四月二五日に郁達夫は上海から杭州に移住した。杭州市大学路浙江図書館付近の場官弄六三号の住居は、中国式の一戸建であった。郁達夫「移家瑣記」（上海『申報』一九三三年五月四日〜六日）参照のこと。
(21)『日記九種』の出版後、一九二一年に「沈淪」を発表して以来のさまざまな批判を再び受けるようになり、不安、怒り、経済上の困難などが交錯する中、郁達夫が作風を変えていく様子を窺うことができる。
(22) 郁達夫「二十二年的旅行」『十日談旬刊』一九三四年一月号。
(23) 郁達夫の読書量については、本書第I篇注（26）参照のこと。
(24) 郁達夫の蔵書数については、本書第I篇注（25）参照のこと。
(25) 戊戌政変は一八九八年（戊戌の年）に清朝保守派の西太后らが起こしたクーデター。六君子はこのクーデターによって処刑された改革派。李蓮英は西太后に寵愛された宦官。連合軍の北京侵入は一九〇〇年の事件。このとき連合軍によって円明園が放火された。
(26) 郁達夫「遠一程、再遠一程」『人間世』第二一期、一九三五年。
(27) 郁達夫「秋霜日記」（『宇宙風』第三号、一九三五年）一九三五年九月一日。
(28) 郁達夫「人与書」『立報・言林』一九三五年九月二七日。後に陳子善・王自立編『売文買書』（生活・読書・新知三聯書店、一九九五年）に収録。
(29) 郁達夫「再談日記」（注（2）前掲）。本篇五六頁参照のこと。
(30) 紀田順一郎「こころ屑籠――『蘆花日記』」（注（8）前掲）。

Ⅵ　郁達夫と西洋文学

一、西洋文学との出会い

外国の哲学や文学に関心を抱いていた郁達夫は、関連する書物をよく選んで読んでいた。人間と書物との関わりについての郁達夫の考えは、「人与書」という文章に示されているが、[1]彼は自分のためだけに書物を読んでいたのではなかった。当時の中国の社会や文壇にとって役立つと判断したら、その書物の翻訳に時間を惜しまず取り組んだ。郁達夫が執筆した数多くの作家や作品の紹介は、彼を研究する上で得難い資料とされている。

一九一一年に故郷の富陽県立小学校から杭州府中学校に進学した郁達夫は、その頃からもっと多くの書物を読もうと考えるようになり、生活費を切り詰めて古書を購入するようになった。杭州府中学校に入って半年ほど経ったある日、彼は学校の近所にあった「梅花碑」という古書店でたくさんの本を購入した。彼は、そのとき偶然に購入した本のうちの三冊が自分の人生に計り知れない影響を及ぼしたと述べている。[2]この時期から郁達夫は、中国のことはもちろん、中国より遥かに大きい世界も視野に入れて勉強していこうと決心したのである。

郁達夫は、より外国を知り、外国での生活を経験するため、長兄に連れられて日本に留学した。留学した日本では、自分の読みたい書物を簡単に入手することができた。この機会を十分に生かして、郁達夫は大学の図書館に閉じ籠もり、貪欲に読書に耽った。彼はときどき授業を欠席することはあっても、読書を忘れることはなかった。当時一緒に留学していた親友の郭沫若は、次のように述べている。

達夫はとても聡明で、英語もドイツ語もとても達者な上、中国文学についてもかなり造詣が深かった。……我々は彼を才能の優れた男だと考えていた。彼は欧米文学を読むことを好んだ。特に小説については、我々の仲間には彼より多く読んだ者はいなかったであろう。(3)

文芸批評家の鍾敬文も、日本留学時代の郁達夫の読書状況について次のように回顧している。

達夫先生は帝国大学では経済学を勉強していたが、……読書における彼の趣味は主に小説であった。かつて仿吾先生は、彼が帝大で三千冊以上の小説を読んだと私に話したことがある。これを聞いたとき、私は敬意を覚える一方で、多少の疑いも抱いていた。後になって、東京で友人から帝国大学のある図書館員の証言を間接的に聞いた。(4)

一九二七年に数年来の自らの創作活動を顧みた際、郁達夫は読書について次のように述べている。

西洋文学に触れてからは、読書傾向が急変した。ツルゲーネフからトルストイへ、トルストイからドストエフスキー、ゴーリキー、チェーホフへ、さらにロシアの作家からドイツの作家の作品へと移り、その後は、ひどいことに学校の授業を放棄し、宿舎で当時流行していたいわゆる軟文学の作品に没頭していた。

高等学校の四年間で、ロシア語、ドイツ語、英語、日本語、フランス語の小説を合わせて千冊ほど読破した。後になって、東京の帝国大学に入ってからもこの小説を読む癖は直らなかった。現在でも、食事と仕事のとき以外は、暇があったら小説を読んでいることが多い。これが、私が西洋の小説に出会ってからのおおよその状況である。(5)

この記述からもわかるように、郁達夫は名古屋第八高等学校においても、東京帝国大学においても、さらに中国に帰国してからも、日課のように西洋の小説を読んでいたのである。

二、日記に見る郁達夫の西洋文学評

郁達夫の日記には、陋巷の娼婦との出会い、生活苦、恋愛、病気、失業、懺悔、孤独、厭世などについて、きわめて即物的に記録されている。その一方、大量の日記作品からは、郁達夫が国内外の書物を熱心に読んでいた姿も克明に窺うことができる。彼の日記には、読書傾向や、作品を意識的に選別し、その手法を模倣した痕跡が示されている。彼が、いかに多くのジャンル、多くの国の多くの作家の作品を読んでいるかということには驚かされるであろう。以下に、郁達夫の日記における読書録を見てみよう。

郁達夫は、アメリカの女流作家キャザー(6)の長編小説『おお、開拓者たちよ！』を読んで、日記に次のような感想を記している。

キャザーの小説『おお、開拓者たちよ!』を読んだ。後六、七〇頁残っている。アメリカの開拓者や移民の生活を描くキャザー女史の筆致は円熟している。ロシアのツルゲーネフの作風を感じさせるような気がする。……主人公アレクサンドラや他の登場人物の性格がよく描けている。やや弱い感じもするし、ロシアの作家のように深く描かれてはいないが、描写は自然で、成功しているといえよう。彼女の初期の作品「ツルゲーネフ」を凌いでいる。(7)

この作品によってキャザーは自分の描く世界を見出し、高い評価を受けるようになった。郁達夫はこれを見抜いていたのであろう。

ドイツの作家レマルクの名著『西部戦線異状なし』(8)については、次のような感想が見られる。

『西部戦線異状なし』を初めから終わりまで再読した。作者のレマルクは結局虚無主義者であり、この小説も決して不朽の名作ではない。(9)

レマルクにとっては厳しすぎる批評かもしれないが、この作品については文学的な価値の有無をめぐって議論が繰り広げられ、さまざまな評価が下されていた。郁達夫も世界の批評家たちに同調する意見を表明したことになったのである。

外国の文学作品を読む際、郁達夫は自分の求める作風に細心の注意を払いながら、読んだ作品の善し悪しを判断している。尊敬していたロシアの作家ツルゲーネフに対しても、郁達夫は決して盲目的に崇拝することはなかった。ツルゲーネフに対する全体的な評価は高かったが、個々の作品に対しては厳しい批判も見られる。日記には次のような批判が記されている。

午前、「クララ・ミリッチ」を読み終えた。あまりよくなかった。私は以前「人妖」という小説を書きかけたが、未完のまま晨報社が持っていってしまった。もし完成していたら、恐らくツルゲーネフのこの小説より多少出来がよかったはずだ。(10)

郁達夫の日記には、このように即興によるずけずけとした物言いの評論が随所に存在している。

三、郁達夫の審美眼

郁達夫が外国の作家から手法を取り入れる際の基準は、作家の知名度やその作家が文学史に占める大きさなどではなかった。彼自身の審美眼と偏愛が唯一の基準であったといえよう。だから、彼は一流の作家だからといって作品に関心を示すことはなかったし、無名の作家の作品でも大きな興味を持って読むことも多かった。郁達夫は自分の個性、嗜好、あるいは審美眼を「偏愛」と呼んでいる。彼は「文芸賞鑑上之偏愛価値」において、文学に対する偏愛を肯定する姿勢を明らかにしている。

文芸鑑賞における偏愛とは、鑑賞者の完全に主観的な価値のことである。このような価値を文芸批評の標準としてはならない。しかし、文学愛好者が鑑賞するに際しては、普遍的な心理である。

本来、文芸鑑賞における偏愛は、正統的な文芸批評においては何も益するところがない。しかし、志を得られない不遇の批評家によって著された、志を得られない不遇の文人の批評を読むと、しばしば感動することがあるし、そればかりか涙をこぼすことさえある。こうしたことから、偏愛は感情の産物であり、理智による批評とは異なることがわかろう。……あえていおう。文芸作品に対して偏愛する人は理智的ではなく、このような人に文芸を鑑賞する資格がないと考えてはならない、と。(11)

自分の趣味に基づいた偏愛は、郁達夫が文学作品を読む際の重要なカギとなっている。郁達夫は文学に対する自分の主張を基準とした上で、自分の創作にとって役に立つと思われる作品を意識的に選んで読んでいた。この点について、鄭伯奇は次のように述べている。

郁達夫の外国文学に対する知識はかなり広くて深い。……彼は外国の多くの作品を読んだ。彼の読書対象は非常に広く、一人の作家だけでもなく、一国の文学だけでもない。彼は名作・傑作と評される作品の大部分は読破していた。自分の趣味に合っていれば、新人作家の作品やあまり有名でない作品も興味を持って読んだ。彼の趣味は、ロマンチックな色彩が濃厚で、抒情的な雰囲気にあふれた、芸術性の高い作家にあるようだ。(12)

四、郁達夫が影響を受けた西洋の文学者

郁達夫はその生涯において、多くの外国の作家の作品を読んだが、彼が受け入れる基準はあくまでも偏愛であった。

そして、彼の創作に直接影響を及ぼしたのは、鄭伯奇が指摘したようにロマンチックな色彩が濃厚で、抒情性に富んだ、個性的な作家であった。以下に、郁達夫に大きな影響を及ぼした西洋の文学者との関連を見てみることにする。

ツルゲーネフ

ロシアのツルゲーネフは郁達夫がもっとも気に入っていた作家の一人である。青年の頃、郁達夫は英語に翻訳されたツルゲーネフの「初恋」を愛読して、その魅力に惹かれたのであった。彼は、長期にわたって続いたツルゲーネフへの偏愛について、次のように述べている。

古今の有名無名のさまざまな外国作家の中で、私がもっとも愛し、もっともなじみ深く、長期にわたって読み続けてもいやにならないのはツルゲーネフである。もしかすると、これは私だけの特別な嗜好で、他の人とは異なっているかもしれない。それは、私が小説を読み始め、執筆を志した頃、この優しく、憂鬱なまなざしの、ふさふさとした頬髭を蓄えた北国の巨人から全面的な影響を受けたからなのである。(13)

ツルゲーネフの作品が中国に紹介されたのは、一九一五年であった。それ以来、作品の翻訳にとどまらず、ツルゲーネフの紹介や批評などが中国の文壇を賑わせた。郁達夫も「屠格涅夫的『羅亭』問世以前」(『ルージン』発表前のツルゲーネ)や「屠格涅夫的臨終」(ツルゲーネフの臨終)などを著した他、ツルゲーネフの有名な論文「ハムレットとドン・キホーテ」の中国語訳を出版して、ツルゲーネフの生涯や思想を紹介した。さらに、『ルージン』などの小説を翻訳する計画も立てたが、(14)これは諸々の原因で実現しなかった。

郁達夫はツルゲーネフの作風、手法を自分の創作の手本としている。このことからわかるように、郁達夫はこの北国の巨人から計り知れない影響を受けたのである。

シュトルム

次に挙げるのはドイツのシュトルムである。一九二〇年代に、シュトルムの「みずうみ」が中国の読者の間に大きな反響を引き起こした。これをきっかけに次々と翻訳されたシュトルムの作品は、中国の読者を釘づけにした。郁達夫は、一九二一年一〇月に上海で発行された『文学週報』第一五号に掲載された「『茵夢湖』的序引」(「みずうみ」序引)において、シュトルムの生涯と創作の状況を紹介した。

郁達夫がシュトルムの作品を好んで読んでいたことについては、郁達夫を回顧する文章の中で張白山が証言している。(15) また、黄賢俊は、ドイツ留学から帰国した直後の一九三三年に郁達夫と会った際の次のような会話を紹介している

私は郁達夫に、一九世紀ドイツの世界的に著名な抒情詩人・小説家のシュトルムが好きで、……今回『シュトルム全集』四巻の原書を持って帰ってきたので、順に翻訳して出版し、読者の要求に応えるつもりであると語った。郁達夫は私の話を聞いて頷き、この翻訳を勧めてくれた。彼は、自分もシュトルムの作品を好んで読んでいると語った。……好みが合うということもあって、会話に花が咲き、私たちはいっそう打ち解けて話した。達夫はシュトルムの生涯、経歴をよく知っていた。彼はシュトルムの父母や友人の名前まで口にし、私はその記憶力と博識に敬服した。恐らく酒を少し飲みすぎたせいか達夫先生はいくぶん酔っぱらって、「みずうみ」の中の短い詩をドイツ語で朗読し始めた。(16)

ここで郁達夫は黄賢俊にシュトルムの翻訳を勧めているが、自らシュトルムの短編小説を翻訳したこともあった。シュトルムの小説に心酔し、夢中になっていた郁達夫は、シュトルムの「みずうみ」を「千古不滅の傑作」[17]と絶賛し、さらに次のように述べた。

彼の短編小説を読む度に、私たちは彼に連れられて悲哀の世界へと行ってしまうことになる。もしも晩春や初秋の夕暮れに残照の下で「みずうみ」を読んだら、私たちはしだいに暗い海底へと沈んでいくような感じを覚え、ついには茫然自失に陥ってしまうのである。……ドストエフスキーの小説を厳冬の風雪、盛夏の雷に譬えるとすると、シュトルムの小説は春秋の佳日、薄暮の残陽に譬えることができよう。[18]

郁達夫の小説や散文詩、旅行記などの中には、多くの個所にシュトルムの影響が認められる。

ルソー

三番目に挙げるのはフランスのルソーである。一九二〇年代前後、中国においてはルソーの『告白』の翻訳が十数種類出版されていた。郁達夫も、一九二八年だけでルソーに関する文章を四篇も発表し[19]、ルソーの生涯、思想および彼の主要作品を紹介した。

当時、中国の文壇にはルソーの崇拝者が多かった。郁達夫も『告白』を絶賛していた。そして、ルソーを攻撃する論文を発表した一部の批評家に対して、郁達夫は舌鋒鋭く感情的な反撃を加えた。

小人国の邪悪な批評家たちよ。あなたたちは批評の目を髪の毛の一番高いところに据えつけても、ルソーの足の裏を見ることすらできない。実力を養い、何年か時間をかけてルソーの著作を多く読んでから、再びルソーを批判してみるがよい。[20]

郁達夫にとって、ルソーは無視できない存在であり、きわめて高い評価を下していた。彼は「盧騒伝」（ルソー伝）において、次のように述べている。

フランスは滅びるかもしれない。ラテン民族の文明、言語は世界とともに滅びるかもしれない。しかし、世界の終末の日、創造者によって生者と死者が裁かれるときまで、ルソーの著作は輝き続けるであろう。[21]

郁達夫は、ルソー晩年の『孤独な散歩者の夢想』を読んだ際には、その感動を次のように述べている。

この大作は、傷つけられた魂のもっとも切実でもっとも哀婉な絶叫である。ここには作者の少年期の回想や夫人の追憶、湖の風景、植物を採集したときの空想などが描かれている。孤独な人であれば、この本を読んで、作者あるいは自分のために涙を流さない人は誰一人いないだろう。[22]

そして、一九三〇年に郁達夫は、『現代学生』という雑誌に『孤独な散歩者の夢想』の翻訳を掲載した。その「翻訳後記」で、彼は次のように謙遜している。

文豪の珠玉のような作品を、ほとんど通じないめちゃめちゃな中国語に翻訳した。本当に罪が大きい。[23]

郁達夫がもっとも愛読したのは、二部からなる自伝的な作品『告白』であった。彼は次のように述べている。

とりわけ、前六巻の牧歌的な描写と自然の観察は、読んだ人を惹きつけずにはおかない。また、悲しみと喜びに共感しない人は一人もいないだろう。(24)

郁達夫が述べているように、この作品の第一部は牧歌的な明るさに満ちている。ところが第二部は、一転して被害妄想の暗い影に覆われ、自己弁護に傾き、その描写は時に病的でさえある。この赤裸々に自我を表白する手法によって、ルソーは「自我の解放」という観点からロマン主義文学の先駆者として讃えられ、ルソーに倣って多くの告白文学が生まれた。郁達夫の小説にはルソーの影響が顕著に認められる。

郁達夫と三人の文学者

ツルゲーネフ、シュトルム、ルソーは郁達夫がもっとも愛読した外国作家であった。また、この三人は「五四運動」前後の中国の読者に大きな影響を及ぼした作家でもある。彼らはそれぞれの特徴と個性を有しているが、共通の特徴を見出すことも可能である。

ツルゲーネフはロマン主義的な詩人で、風刺的な手法で描いた物語詩を残している。彼の詩作では「ステーノ」が注目に値する。この作品においてツルゲーネフは、内省的な気の弱い「余計者」が献身的な乙女の愛に出逢うという独特の主題を初めて取り上げた。長編第一作『ルージン』においては、行動力に欠ける主人公の「余計者」ルージンが、熱弁によって社会を目覚めさせるのである。

シュトルムは初め抒情詩人として出発した。暗鬱な風土に密着したシュトルムの詩は、もの悲しい情趣をはらみ、繊細で感覚的な自然形象に富んでいる。ドイツ抒情詩の歴史上、シュトルムは高い地位を占めている。小説家としても、シュトルムはかなりの作品を書き残している。彼の前期の小説は、事件の経緯や人物の性格を写実的な手法で克明に描くというより、暗示的・象徴的な手法を用いて淡々と描き、全体を抒情的な雰囲気の中に溶け込ませるという点において、かなり強くロマン派に傾斜している。それに比べると後期の作品は、しだいに叙事的・写実的になり、人生の現実を厳しく見つめ、人物の性格を深く掘り下げて鋭い心理解剖を行うようになった。

ルソーは自然礼賛を主張する自然思想の提起者である。彼は人間社会の生活の中で損なわれ、失われてゆく人間の本来の姿の回復を目指している。これは彼の思想の根本的なテーマであり、彼の主要な作品においてはすべてこのテーマが展開されている。

この三人のそれぞれの特徴として挙げた、「余計者」「抒情的な雰囲気」「思想解放」「自我の解放」「赤裸々な自我表現」「ロマン主義」などの要素を統合すれば、郁達夫文学の特徴が出揃うことになる。郁達夫はこれらの作家の作品を栄養にして、自分自身の新たな芸術を創造したのである。

【注】

(1) 郁達夫「人与書」『立報・言林』一九三五年九月二七日。後に陳子善・王自立編『売文買書』(生活・読書・新知三聯書店、一九九五年)に収録。内容については、本書第Ⅴ篇六四頁の引用を参照されたい。

(2) 郁達夫「遠一程、再遠一程」『人間世』第二一期、一九三五年。このときに購入した書物については、本書第Ⅴ篇六三頁の引用を参照されたい。

(3) 郭沫若「論郁達夫」『人物雑誌』一九四六年第三号。後に陳子善編『逃避「沈淪」』(東方出版中心、一九九八年)に収録。

(4) 鍾敬文「憶達夫先生」、陳子善・王自立編『回憶郁達夫』湖南文芸出版社、一九八六年。

(5) 郁達夫「五六年来創作生活的回顧」『文学週報』第五巻第一〇号、一九二七年。後に「『過去集』代序」と改題して、『過去集』

（上海開明書店、一九二七年）に収録。

（6）ウィラ・キャザー（一八七三～一九四七年）は、アメリカの女流作家。外国系移民の間で成長したので、移民開拓者たちの生活に詳しく、『おお、開拓者たちよ！』を始めとして、その経験を踏まえて題材とした作品が多い。みごとに描き出された地方色と独自の芸術観・人間観によって、彼女は現代アメリカ小説において特異な地位を占めている。

（7）郁達夫「新生日記」（『達夫日記集』上海北新書局、一九三五年）一九二七年二月一八日。

（8）当初通俗小説に手を染めていたレマルクは、一兵士の視点から戦場での生と死を赤裸々に描いた長編小説『西部戦線異状なし』によって一躍世界的な名声を博した。この小説は二五ヵ国語に翻訳され三五〇万部以上を売りつくした上、映画化もされ、文学作品としては例を見ないほど人々の注目を集めた。文学的な価値はともかく、反戦文学の一つの頂点を極めた意義は大きい。

（9）郁達夫「断篇日記」（『郁達夫全集』第一二巻、浙江文芸出版社、一九九二年）一九三〇年二月三日。

（10）郁達夫「労生日記」（『達夫日記集』、注（7）前掲）一九二六年一一月八日。

（11）郁達夫「文芸賞鑑上之偏愛価値」『創造週報』第一四号、一九二三年。

（12）鄭伯奇「憶創造社」『文芸月報』一九五九年第九号。鄭伯奇は、「我々は郁達夫の文学の傾向、作風、あるいは〝偏愛の価値〟が基本的にロマン主義に向かっていることを確認した」とも述べている。

（13）郁達夫「屠格涅夫的『羅亭』問世以前」『文学』第一巻第二号、一九三三年。本稿の引用は『郁達夫全集』第五巻（浙江文芸出版社、一九九二年）による。

（14）郁達夫「村居日記」（『達夫日記集』、注（7）前掲）一九二七年一月一〇日の記載による。

（15）張白山「我所知道的郁達夫」（陳子善・王自立編『回憶郁達夫』、注（4）前掲）三四八頁に、「郁達夫は、好きな作家はドイツのテオドール・シュトルムであると述べた」とある。

（16）黄賢俊「長天渺渺一征鴻――記与郁達夫先生交往的日子」、陳子善・王自立編『回憶郁達夫』（注（4）前掲）。

（17）郁達夫「施篤姆」『郁達夫全集』第五巻（注（13）前掲）。

（18）同右。

（19）「盧騒伝」（『北新半月刊』第二巻第六号、一九二八年）、「盧騒的思想和他的創作」（『北新半月刊』第二巻第七号、一九二八年）、「翻訳説明就算答弁」（『北新半月刊』第二巻第八号、一九二八年）、「関于盧騒」（『北新半月刊』第二巻第一二号、一九二八年）の四篇。

(20) 郁達夫「盧騒伝」(注(19)前掲)。
(21) 同右。
(22) 郁達夫「盧騒的思想和他的創作」(注(19)前掲)。
(23) 盧騒(ルソー)著、郁達夫訳「一個孤独漫歩者的沈思」『現代学生』第一巻第三号、一九三〇年。
(24) 郁達夫「盧騒的思想和他的創作」(注(19)前掲)。

Ⅶ　郁達夫における西洋の哲学・文学理論の受容

はじめに

郁達夫は二〇世紀初頭、中国と外国の文化交流が進行しつつある時代に創作活動に入った作家である。「五四運動」前後、中国において思想解放運動が展開され、第一世代の作家たちは海外の思想や文化を幅広く受容する機会を得た。彼らは、各々の生活経験や創作方針の違いにより、自分の思想や主張に合致する海外の思想・文化を選択して取り入れた。この時期、郁達夫も自身の置かれた独特の環境の中で海外の思想・文化の影響を受けたのである。

一、郁達夫における外国思想・文化受容の特徴

郁達夫は一九一三年に長兄と一緒に日本に留学し、青年期の一〇年近くを日本で過ごした。「五四運動」が起こった一九一九年には郁達夫は日本に滞在していて、この運動を直接経験することができなかった。しかし、彼は隣国にあって「五四運動」の余波を感じていた。このような環境に置かれていた郁達夫の外国思想・文化の受容には、次の

ような特徴が見られる。

恵まれた読書環境

大正時代の自由で解放的な雰囲気の中で、郁達夫は西洋の進歩的な思想や文化に関する大量の書物に幅広く触れることができた。彼は「戦後敵我的文芸比較」において、次のように述べている。

日本に留学していた時期は、ちょうど明治維新の大業が完成し、各業界が隆盛へと向かい、日本において数百年間見られなかったほど繁栄が頂点に達した時代であった。この時代に、……欧州の自由主義思想および一九世紀文化の結晶、すなわち自然主義文学におけるもっとも優れた作品が大量に日本に紹介された。日本における近代文学の黄金時代が明治時代末期から大正時代にかけての数年間であることは間違いない。今後、この時代を凌ぐことは恐らく永遠に不可能であろう。(1)

日本に滞在していた郁達夫は、同時期中国国内にいた人と比べて、西洋の新しい思想や文化をいち早く吸収することができたのである。

西洋思想の衝撃

大正時代には、西洋の思想・文化が洪水のように日本に紹介された。日本で民主主義や自由主義などの思想が高揚し、従来の制度・思想の改革が試みられたことに、郁達夫は新鮮さと衝撃を覚えたのである。彼の「雪夜——自伝之一」から、その一端を窺うことができる。

性解放の新たな潮流は、たちまち東京の上流社会、とりわけ知識階級、学生たちに波及した。……イプセンの問題劇、エレンブルグの恋愛・結婚観、自然主義派文人の醜悪暴露論、社会主義の刺激に満ちた男女観などが、一挙に洪水のように東京に押し寄せてきた。元来私は、清らかな心を持ち、生まれつき孤高を保ってきた。しかし、二重三重に押し寄せるこの洪水の水流の中で、私は感情が脆く優柔不断な異郷の旅人として泡のように渦巻きに溺れ、意気消沈した。(2)

また、郁達夫は次のように日本社会を見ていた。

当時の日本は、政治は小康を保っていたが、思想は縦横に交錯し、乱れていた。国民は古い伝統を破壊すべきだと感じていたが、人々が安心して暮らせる新しい思想はまだ見つかっていなかった。思想的に敏感な青年は虚無主義に流れ、華厳の滝に身を投げて自殺する者もいた。意志が弱い者は頽廃の徒となり、目の前の官能に甘んじることで満足していた。(3)

屈辱と失意

政治的・文化的に活気に満ちた大正時代の日本において、郁達夫は自国の混乱と衰退を目のあたりにした。郁達夫は次のように述べている。

私は日本において、競い合う国々の中での我が中国の地位を初めて知った。(4)

国際社会の不平等を痛感し、屈辱を味わった郁達夫は深刻な苦悩を味わった。日本に滞在した時代を振り返り、郁達夫は失望を込めて次のように述べている。

抒情に満ちていた年頃、私はあの残酷な軍閥独裁の島国ですさんだ生活を送ったのである。故国の失墜を目にしたこと、異郷で屈辱を受けたこと、感じたこと、経験したことのすべてを総括してみると、失望しなかったことは一つもないし、悲しくなかったことも一つもない。(5)

「五四運動」への希望

中国国内においては、「五四運動」で提唱された、科学的民主主義を称揚して封建思想に反対する潮流が、破竹の勢いで展開していた。世論の主流は思想解放、人間尊重を唱えた。郁達夫は、急激に変化する祖国の社会に希望を抱くようになった。

「五四運動」が社会に及ぼした影響は、文学に及ぼした影響よりも遥かに大きい。……例えば、封建思想の打倒、デモクラシーの提唱、民族解放の主張等などは、当時の社会を風靡した世界的な傾向であった。「五四運動」以降、中国は世界が呼吸するための神経中枢の一部となり、世界の動きにはたちまち敏感な反応を示すようになった。……「五四運動」は、文学に自己発見という新たな意義をもたらした。ヨーロッパ・アメリカ文学における自己発見は一九世紀の初期であったが、中国文学においては、鎖国主義の伝統に束縛されたため、これに七、八〇年も遅れたのである。(6)

郁達夫は、中国におけるさらなる思想解放の必要性を力説した。

「五四運動」においてもっとも成果を収めたのは、「個人」を発見したことであろう。昔の人は君子のため、道のため、父母のために生きたが、今になってようやく自分のために生きなければならないとわかった。私がいなければ君子は存在しないのか？　私に適合しなければ道ではないのか？　私がいなければ父母はいないのか？　私がいなければ社会・国家・宗教は存在しないのか？(7)

上記のように、郁達夫は異国という独特な環境の中で外国の思想・文化を受容した。混乱し衰退している祖国（郁達夫によれば「弱国」）を背負い、異郷で屈辱を受けたことが原因で、郁達夫は非常に苦しみ、新しい思想を求めるようになった。さらに、人間の価値を肯定し、個性解放を標榜する、「五四運動」前後の中国国内の風潮に同調したためもあって、郁達夫は積極的に海外の進歩的な思想を求めたと考えられる。大正時代における思想の解放や自由な風潮は、郁達夫が西洋の新しい思想を吸収する上で絶好の条件を提供した。特に、当時の日本では西洋の思想を紹介するさまざまな書物が翻訳されており、郁達夫に選択の余地を与えたことを忘れてはならない。こうした文化的環境と社会的要素は、郁達夫が外国の思想・文化を受容する上で、決定的な影響を及ぼしたと考えられる。

二、西洋哲学と郁達夫

少年時代を異郷で過ごした郁達夫は、外国の思想・文化に興味を抱くようになった。彼は経済学を専攻するために留学したのだが、当時紹介されていた多くの新しい思想の中から、哲学、政治学、経済学、社会学などの理論を述べた書物を選んで熟読し、自分が共鳴できる思想や文学理論を取り入れた。多くの書物を読破した郁達夫の目にとまったのは、西洋の二人の思想家であった。その一人は、ドイツの哲学者ニーチェ（Friedrich Wilhelm Nietzsche）である。彼は実存主義の先駆者とされ、弱者の奴隷的な道徳であるキリスト教倫理を否定して強者の自律的な道徳を説き、幻の「背後世界」であるとして伝統的形而上学を否定して「神の死」を唱えた。もう一人は、同じくドイツの哲学者シュティルナー（Max Stirner）である。彼は、あらゆる外的権威を排してもっぱら自我の権威を説き、徹底的な個人主義から無政府主義に到達することを主張した。郁達夫は『文学概説』において、「極端な個性の尊重を主張」する「新ロマン派」の哲学者ニーチェとシュティルナーを高く評価している。(8)

ニーチェと郁達夫

ニーチェは、「五四運動」の時期、中国で紹介された西洋の思想家の一人であった。ニーチェの「すべてを再評価」し、「すべての権威を否定」し、「偶像を破壊」し、「個人意志」を強調する思想が、「五四運動」の主張と合致していたので、広く知られるようになった。中国現代文学の大家である魯迅や郭沫若などもニーチェの思想に傾倒し、その影響を受けた。郁達夫も『断残集』の序文において、ニーチェのことを自分が「普段愛読した作家の一人」であると述べている。(9)

郁達夫はニーチェの名著『ツァラトゥストラはこう語った』を高く評価し、次のように評している。

これは狂気に満ちた哲学者のうわごとのような傑作である。しかも、神秘的で飄逸味があるところは、我が国の「楚辞」を思わせる。あたかも壮大な散文詩のようだ。(10)

また、郁達夫はニーチェが女の友人（Madame O. Luise）に宛てた手紙（「超人の一面」という題名で発表された）のうち七通を中国語に翻訳して発表した。彼は「訳者附記」において、次のように述べている。

彼（ニーチェ――筆者注）は冷酷で孤高な哲学者の一面を持っている。しかし、手紙からは彼の優しい心情が窺える。(11)

その後も郁達夫にとって、ニーチェは魅力のある思想家であり続けた。一九三三年に上海から杭州に移り住んだ際の日記の中には、ニーチェの思想に傾倒していた郁達夫が、ニーチェの経歴を題材にして小説を執筆する計画を立てていたことが記されている。

この度携えてきた書物には、ドイツの哲学者ニーチェのものが多い。彼は薄命の天才で、その経歴は尊敬すべきものである。そこで、彼のことを詳しく研究して、彼を主人公にして小説を書こうと思っている。(12)

しかし、結局この計画は実現しなかった。郁達夫は、実現しなかったのは、杭州に来た第一の目的が病気療養のためだったからだと述べている。それでも、郁達夫はニーチェについての小説を著す願望を捨てたわけではなかった。そのため、半年が経過した後、郁達夫は『断残集』の序文に再度このことについて取り上げた。

薄命のニーチェは、中国に一時的なセンセーションを巻き起こした。しかし、三十年が経っていながら、まだ彼の作品を単行本として完訳した例はない。へんぴな片田舎にいながら、狂気の哲学者の経歴を小説にしようという野心をつねに抱いているが、あっという間に歳月が経ち、すでに超人を必要としない時代、哲学を必要としない世紀となってしまった。[13]

シュティルナーと郁達夫

郁達夫はシュティルナーにも傾倒していた。シュティルナーは無主義政府論者であり、『唯一者とその所有』や他の著書において唯我論を大胆に展開して、次のように主張している。

私は私の権利の所有者であり、創造者である。……私は自分以外を他の権利の根拠とは認めない。神、国家、自然、人、神権、人権なども認めない。[14]

私は神に興味がない。人間にも興味がない。善にも、正義にも、自由にも興味がない。私が興味を抱いているのは、私が何であるかということだけである。これは一般のことについてだけではなく、唯一のことである。まるで私が唯一の存在であるかのようだが、私にとっては、自分以外の他のものは存在していない。[15]

シュティルナーの主張に共鳴した郁達夫は、一九二三年に著した「自我狂者須的児納」(自我狂者シュティルナー)において、中国の読者にシュティルナーの経歴と思想を紹介した。この文章において、郁達夫は次のように述べている。

「自我こそがすべてであり、すべてが自我である」。我々のように現代の個性の強い青年は、誰でもこのような自我拡張(Erweiterung des Ichs)の信念を持っている。マックス・シュティルナーの哲学は、近代における徹底した「唯我主義」の源泉である。彼はニーチェの超人主義の師匠である。

マックス・シュティルナーは人倫を認めない。神性を認めない。国家・社会を認めない。道徳・法律を認めない。彼がもっとも反対するのは偶像である。理想にせよ何にせよ、要するに自我はいつも自我の中に存在する。何ものにも屈服してはならない。……彼の主張を要約すると、次のようになる。自我の要求を除けば、すべての権威は存在しない。私は唯一者であり、私以外は何もない。だから、私は私自身に忠誠を尽くせばよい。私自身のすべてを持っていればよい。それ以外の何ものにも無関心なのである。(16)

ニーチェと同じように、シュティルナーは長期間にわたって郁達夫に影響を及ぼし続けた。郁達夫は一九二八年六月三日の日記に、「魯迅を訪ねた。マックス・シュティルナーの本を一冊返した(17)」と記しており、少なくともこの時期まで、郁達夫がシュティルナーの著作を愛読していたことがわかる。

シュティルナーとニーチェの共通点

実際には、シュティルナー（一八〇六～一八五六年）とニーチェ（一八四四～一九〇〇年）は同時代の哲学者ではなかったし、思想も異なっていた。シュティルナーの「利己主義」が、資本家階級が上昇する過程における個人主義的な意志を理想化したものであるのに対し、ニーチェの「哲学」は、資本家階級が没落していく過程における産物だといえよう。このように二人の思想は異なっていたが、郁達夫はこの二人に共通点を見出し、吸収したのである。

郁達夫はシュティルナーとニーチェを、「極端に個性の尊重を主張」する「新ロマン派」の哲学者であると評価した。郁達夫は、権威と偶像に反対し、否定し、個人の意志と自我の価値を強調したことに二人の哲学者の共通点を見出したのである。そして、二人の思想の社会的な意義について、次のように述べている。

現実の生活に直面して、彼らは目の前の事実を一概に抹殺することがどうしてもできなかった。しかし、そのような境遇にあっても、彼らは自らの個性の力によって敢然と戦い、大地を踏みしめ、征服しようと考えた。彼らによって表現された傾向は、少なくとも三つの効果を人間にもたらした。第一に、人間に内在する能力の覚醒を促すことにより、宿命観に圧倒された人間の自由意志が解放された。第二に、自己の尊厳と自由な結論を主張することにより、他人の個性や自由、尊厳などが容認されるようになった。第三に、人間が人生についての見解を活発に表明するようになった。これらの影響とこれに対する反応によって、現代人の生活は新たな方向に展開されていった。(18)

郁達夫はシュティルナーとニーチェの思想から、封建的な権威に反対し、個性の解放を強調する、「五四運動」とも合致するような精神・思想を選択し、吸収したのである。西洋の哲学を受容するにあたっての郁達夫のこのような傾向は、当時の中国社会の需要と郁達夫自身が置かれていた環境と密接に関係していると考えられる。

三、西洋の文学理論と郁達夫の文学観

異国の独特な文化状況を経験した郁達夫は、西洋の哲学者ばかりでなく、文芸批評家からもその文学理論を受容し、文学に対する考え方を大きく転換させた。彼が初期に著した文学理論についての論文には、これが明らかに示されている。

マシュー・アーノルドにせよ、ウォルター・ペーターにせよ、あるいはトーマス・カーライル、H・A・テーヌ、G・E・レッシング、ベリンスキー、ゲオルク・ブランデスたちにせよ、もしも誰かが現在の中国に生まれていたら、恐らく現在新聞・雑誌で文芸評論を取りしきっている偽評論家たちは、みんな便所のウジと餌を争うことになるだろう。[19]

ここで挙げられているマシュー・アーノルド、ウォルター・ペーター、トーマス・カーライルはイギリス、H・A・テーヌはフランス、G・E・レッシングはドイツ、ベリンスキーはロシア、ゲオルク・ブランデスはデンマークの文芸批評家である。郁達夫が早くから西洋の文芸批評家の著作を読んでいたことを窺うことができよう。彼はこうした文芸批評家に啓発され、「小説論」や『戯劇論』『文学概説』といった文学理論に関する論著を発表した。これらの論文に挙げられている参考書からも、郁達夫が文学理論に関する西洋の書籍を多く読んでいたことを窺うことができる。

西洋の文学理論から影響を受けたことによって、文学に対する郁達夫の見方は中国の伝統的なものとは異なっていた。彼は、昔の文人がいう「文学」を「無理やりに現在我々がいう〝文学〟という二文字にあてはめるなら、無理が生じる」であろうと述べる。そして、「現在我々がいう〝文学〟という二文字は、〝Literature〟の訳語であり、外国の定義が混入している。おのずから外国の書物を参考にすることが必要になったのである」[20]と論じ、現在では新しい思想が必要とされていることを強く訴えて、中国の伝統的な文学観を批判した。

文学を「聖人之道」と見なし、教化の手段として「文以載道」「代聖賢立言」などと強調するのが中国における伝統的な文学観であった。しかし、新たな文学観を抱くようになった郁達夫は、文学を教化の手段と見なす観念に反対し、時代にふさわしい思想や文学観を確立することを訴えた。彼は次のような譬えを挙げて、「文以載道」「代聖賢立言」に代表される中国の伝統的な文学観がすでに時代遅れになっていることを指摘している。

オリンポスの女神《ミューズ》は人間の女中ではない。もしも彼女を手段として利用するなら、彼女は美人局を仕掛け、巧みな計略を次々と企むであろうが、これは利用する側の堕落なのである。文学たるもの、このようなことをしてはならないのである。[21]

郁達夫は、文学者たるものは、創作にあたって美を創造することに力を注がなくてはならず、これを忘れて教化のための「勧善書」を著してはならないと考えていた。彼は次のように述べている。

成功した作品というものは、読者を作品に描かれた美でほれぼれとさせ、愉快に、あるいは憂鬱に感じさせて、読後に道徳などといった難しい問題を連想させる余地を残さないものである。[22]

また、彼は「小説論」において、次のように述べている。

出来栄えがよく、美学的にも優れていれば、小説の目的は達成されたといえるであろう。創作の段階において、作者は社会や倫理の価値について考慮する必要はない。しかし、美学的に本当に優れた作品であれば、必ずや社会における価値も高いはずである。[23]

郁達夫は、文学を「聖人之道」と見なすことに反対する一方、創作の主体である個性と自我意識を表現する手段とすることを積極的に主張した。彼は、「作家は、自分自身の個性を何としてでも作品の中に刻みつけなければならない」[24]と繰り返し述べている。郁達夫は、作家が自分の個性を作品に刻みつけるためにもっとも重要なことは、創作主体そのものを最優先して創作すること、つまり作家自身の生活体験と喜怒哀楽の情緒を表出することだと考えていた。そして、フランスの作家アナトール・フランスの「すべての文学作品は作家の自叙伝である」という有名なことばを好み[25]、論文はもちろんのこと、講演の際にも繰り返し取り上げた。例えば、「五六年来創作生活的回顧」において、

「すべての文学作品は作家の自叙伝である」ということばを真実だと考えている[26]。

と述べているように、この主張こそ郁達夫の文学に関する思想の核心であった。その後、彼は『中国新文学大系・散文二集』の「導言」において、このことばを補足して次のように説明している。

現代散文における最大の特徴は、その作品に従来の散文よりはっきりと刻印された作家一人一人の個性である。昔の人が述べたように、すべての小説は自叙伝的な色彩を帯びており、その作風や作中人物から作者本人の姿を窺うことができる。しかし、現代散文はより自叙伝的な色彩が強い。現代作家の散文作品を読むと、我々はその作家の家系、性格、嗜好、思想、信仰や生活習慣等などを生き生きと思い浮かべることができる。こうした自叙伝的な色彩こそが、文学においてもっとも貴ぶべき個性の表現なのである[27]。

郁達夫は自叙伝的色彩こそが作家の個性の表現であると考えている。彼のこの主張は彼の哲学と密接に関わっている。人間の価値を十分に重視するからこそ、人間の個性を描き出す自叙伝が重要な地位を占めることになるのである。そして、この主張の影響は、郁達夫の小説以外の作品からも窺うことができる。彼は、「すべての文学作品は作家の自叙伝である」ということばを、自分が創作活動を行うにあたっての基準としたのである[28]。

おわりに

郁達夫は異国という独特の環境で西洋の新しい哲学や文学理論を十分に享受し、自分自身の思想と文学観を作り上げた。こうした郁達夫の思想と文学観は、「五四運動」前後における中国のニーズと一致していた。西洋の哲学から影響を受けたことにより、偶像や権威を否定し、自我の尊重を強調する思想が形成された。一方、西洋の文学理論から影響を受けたことにより、「文以載道」「代聖賢立言」といったことばに代表される中国の伝統的な文学観に反対し、個性の表現を主張する文学観が形成された。彼の文学観は「すべての文学作品は作家の自叙伝である」ということばに表されている。彼のこの文学観は中国現代文学において異彩を放ち、中国文壇に新風を吹き込んだのであった。

【注】

(1) 郁達夫「戦後敵我的文芸比較」『星洲日報・晨星』一九三九年五月二九日。
(2) 郁達夫「雪夜——自伝之一」『宇宙風半月刊』第一一期、一九三六年。
(3) 郁達夫「序」、倉田百三著、孫百剛訳『出家及其弟子』上海創造社出版部、一九二七年。
(4) 郁達夫「雪夜——自伝之一」(注(2)前掲)。
(5) 郁達夫「懺余独白」『北斗月刊』第一巻第四号、一九三一年。
(6) 郁達夫「五四文学運動之歴史的意義」『文学月刊』創刊号、一九三三年。
(7) 郁達夫「導言」『中国新文学大系・散文二集』上海良友図書公司、一九三五年。
(8) 郁達夫『文学概説』上海商務印書館、一九二七年。
(9) 郁達夫「自序」『断残集』上海北新書局、一九三三年。

(10) 郁達夫「徳国以後的徳国文学挙目」『現代文学評論』第二巻第三号・第三巻第一号合冊号、一九三一年。
(11) 郁達夫「訳者附記」『北新半月刊』第四巻第一号・第二号特大号、一九三〇年。
(12) 郁達夫「滄州日記」(『郁達夫全集』第一二巻、浙江文芸出版社、一九九二年) 一九三二年一〇月七日。
(13) 郁達夫「自序」(注 (9) 前掲)。
(14)『馬克思恩格斯全集』第三巻、人民出版社、一九七五年、第三六六頁。
(15) 全増仮編『西方哲学史』下冊、上海人民出版社、一九八五年、三三九頁。
(16) 郁達夫「MAX STIRNER的生涯及其哲学」『創造週報』第六号、一九二三年 (後に「自我狂者須的児納」と改題)。
(17) 郁達夫「断篇日記」(注 (12) 前掲『郁達夫全集』第一二巻) 一九二八年六月三日。
(18) 郁達夫『文学概説』(注 (8) 前掲)。
(19) 郁達夫「芸文私見」『創造季刊』第一巻第一期、一九二二年。当時の中国文壇で活躍していた文芸批評家に不満を覚えていた郁達夫は、外国のことを全然知らないので、もっと外国の思想や文学理論を勉強してもらいたい、もし今のままで勉強しないのならば存在する価値がまったくないと述べている。
(20) 郁達夫『文学概説』(注 (8) 前掲)。
(21) 郁達夫「『茫茫夜』発表之後」『時事新報・学灯』一九二二年六月二二日。
(22) 郁達夫「我承認是〝失敗了〟」『晨報副刊』一九二四年一二月二六日。
(23) 郁達夫「小説論」『創造月刊』第一号、一九二六年。
(24) 同右。
(25) これについては、鈴木正夫「『文学作品はすべて作家の自叙伝である』について」(『郁達夫――悲劇の時代作家』研文出版、一九九四年) に詳しいので、参照されたい。
(26) 郁達夫「五六年来創作生活的回顧」『文学週報』第五巻第一〇号、一九二七年。後に、「『過去集』代序」と改題して、『過去集』(上海開明書店、一九二七年) に収録。「すべての文学作品は作家の自叙伝である」という主張は、フランスの作家アナトール・フランスの有名なことばであるが、郁達夫はこのことばを自分の文学観として借用したのである。だが、多くの読者は「自叙伝」ということばを誤解して、郁達夫の作品はすべて郁達夫の自伝だと考えていたので、読者の理解と郁達夫の主張との間にずれが生じた。このような誤解を正すため、郁達夫は「『茫茫夜』発表之後」（注（21）前掲）において、「普段小説を執筆するとき、私は架空の手法をあまり使用しないが、事実は Wahrheit の中にあり、多少の虚構も Dichturg の中に収まっている。主人公の一挙手一投足が、私自身の過去の生活を完全に表しているわけではない」と改めて釈明した。

（27）郁達夫「導言」（注（7）前掲）。

（28）許子東「郁達夫与日本」（『華東師範大学学報』一九八一年第一号。後に許子東『郁達夫新論』浙江文芸出版社、一九八四年に収録）参照のこと。

Ⅷ　郁達夫の詩について

はじめに

確かに郁達夫は小説において不朽の名声を獲得した。だが、彼が最初に文学の殿堂の扉を叩いたのは詩によってであり、その生涯に五八七首(1)の詩を残している。彼の小説に対する意見には褒貶毀誉があるが、彼の詩は一般的に高い評価を得ている。依然として多くの読者は、彼の小説よりも詩を好んでいる。

郁達夫は幼い頃から唐詩を愛誦し、数多くの唐詩に眼を通した。彼は小学校時代に唐詩を読んだことを回想して、次のように述べている。

小学校の頃、私は品行方正で模範的な児童であった。私は大変まじめに勉強し、暇な時間は四史や唐詩などの古典しか読まなかった。(2)

彼は史書や唐詩を愛読しただけではなく、九歳のときに自ら詩を詠んで以来、生涯を通じて作詩を続けた。

自述詩　六（自述詩　六）

九歳題詩四座驚　　九歳詩を題して四座驚く
阿連少小便聡明　　阿連少小にしてすなわち聡明
誰知早慧終非福　　誰か知らん早慧は終いに福にあらざるを
碌碌瑚璉器不成　　碌碌たる瑚璉 器成らず

【原注】九歳作韵語、阿母撫予肩曰、「此児早慧、恐非大器」（九歳韵語を作し、阿母予が肩を撫して曰く、「此の児早慧なり、恐らくは大器にあらざらん」と）[3]。

この詩からもわかるように、郁達夫の詩才が小説の才能より早く芽生えたことは間違いない事実である。郁達夫は、唐の李白、杜牧、李商隠、宋の蘇軾、陸游[4]、清の王士禎、黄景仁、龔自珍、および呉偉業らの優れた古典詩を愛読していたので、これらの詩人の作風から強い影響を受けている。郁達夫は内容も作風も異なるさまざまな詩人の作品を吸収して、彼ならではの作風を形成していった。本篇では、郁達夫の詩風、および古典詩からの影響について論じてみることにする。以下、彼の作品を風景詩、抒情詩、詠史詩の三つに大別し、ジャンルごとに見ていくことにする。

一、郁達夫の風景詩

光線と色彩

風景を詠んだ作品からは、郁達夫の斬新な作風を窺えることが多い。郁達夫は繊細な表現によって自然の情景を生き生きと描き、読者に強い臨場感とともに新鮮さを感じさせる。

偕箋甫、成章、宝筌三人登東天目絶頂大仙峰望銭塘江
（箋甫、成章、宝筌の三人と偕に東天目絶頂大仙峰に登り、銭塘江を望む）

仙峰絶頂望銭塘　仙峰絶頂 銭塘を望めば
鳳舞龍飛両乳長　鳳は舞い 龍は飛び 両乳長し
好是夕陽金粉里　好きかな 是れ夕陽 金粉の裏
衆山濃紫大江黄　衆山は濃紫に 大江は黄なり(5)

「仙峰絶頂」というのは杭州付近にある仙峰という山のこと。そこから眺めると、東西にある天目山はまるで仙女の長い乳のように銭塘江のほとりに垂れ、美しい夕日に照らされて濃い紫色に輝いている。銭塘江の水が黄色い絹の帯のように見える。清新かつ明快なこの詩から、郁達夫の風景詩の特徴を窺うことができよう。郁達夫は自然の光線と色彩を十分に活かすような表現を用いることによって、清新で明快なイメージを作り上げているのである。郁達夫の詩には、このジャンルに属する作品が多く残されている。以下に例を挙げる。

記夢二首　一　夜泊西興（夢を記す二首　一　夜 西興に泊す）

羅刹江辺水拍天　　羅刹の江辺 水天を拍つ
山陰道上樹含煙　　山陰道上 樹煙を含む
西興両岸沙如雪　　西興の両岸 沙雪の如し
明月依依夜泊船　　明月依依として 夜船に泊す(6)

即　景（即　景）

長堤嫩柳線初纔　　長堤の嫩柳 線初めて纔る
夜雨平添水半篙　　夜雨平らかに添い 水篙に半ばなり
三月東風吹欲尽　　三月の東風 吹きて尽きんと欲す
落花江上熟桜桃　　落花の江上 桜桃熟す(7)

十二月二十七日宿熱海温泉（十二月二十七日熱海温泉に宿る）

温泉水竹両清華　　温泉水竹 両《ふた》つながら清華たり
水勢悠悠竹勢斜　　水勢悠悠として 竹勢斜めなり
一夜離人眠不得　　一夜離人 眠られず
月明如雪照蘆花　　月明雪の如く 蘆花を照らす(8)

龍門坑紀勝（龍門坑の紀勝）

小和山下蛟龍廟　　小和山下　蛟龍の廟
聚族安居両百家　　族を聚め　安居す　両百の家
好是陽春三月暮　　好きかな　是れ陽春三月の暮
沿途開遍紫藤花　　途に沿いて開くこと遍し　紫藤の花(9)

この四首は、いずれも後半の二句で自然の光線と色彩が活かされている。郁達夫の風景詩には、「明月」「雪」「花」「草木」、あるいは「桜桃」「蘆花」「紫藤花」などといった、光線や色彩を表すことばが多く見られるのである。

語句の組み合わせ

郁達夫の詩が清新明快なイメージを与える理由が、もう一つある。例を挙げてみよう。

自述詩　四（自述詩　四）

家在厳陵灘上住　　家は厳陵灘のほとりにありて住む
秦時風物晋山川　　秦時の風物　晋の山川
碧桃三月花如錦　　碧桃三月　花錦の如し
来往春江有釣船　　春江を来往して釣船あり

【原注】 家住富春江上、西去桐廬、則厳先生垂釣処也（家は富春江のほとりに住み、西に桐廬を去れば、すなわち厳先生の釣を垂る処なり）(10)。

この詩は風光明媚な富春江を詠んだもの。「わが住まいは厳陵灘のほとり、あたりは秦代の風物や晋代そのままの山や川が折り重なっている。碧桃の花咲く三月には花は錦のように美しく咲き乱れ、富春江を釣り人の乗った船がしきりに往来していた」[11]という内容である。この作品においては、自然の光線や色彩を活かしたというよりも、語句の組み合わせによって清新なイメージを構築している。次に挙げる作品は、この特徴が顕著に認められる例である。

臨安道上野景（臨安道上の野景）

泥壁茅蓬四五家　　泥壁茅蓬 四五の家
山茶初茁両三芽　　山茶初めて茁す 両三の芽
天晴男女忙農去　　天晴れて 男女忙しく農に去り
閑煞門前一樹花　　閑煞す 門前一樹の花[12]

この詩は古雅な趣のある山水画を彫刻的に仕立て直したとでもいうべき作品である。江南の風景を代表する「泥壁」「茅蓬」「山茶」「樹花」といった詩語を用い、春の農繁期における江南の山村の情景を克明に描写することにより、口語による散文詩のような筆致で、平易で軽妙なイメージを表現することに成功しているのである。内容的にも技巧的にも、先に引用した詩を凌駕する出来栄えである。

こうした傾向をより強く窺うことができる作品から、一二首からなる連作「日本謡」の第一一首、および「自述詩」の第八首を紹介しておく。

日本謡　十一　荒川夜桜（日本謡　十一　荒川の夜桜）
黄昏好放看花船　黄昏に好《い》でや放たん看花の船
桜満長堤月満川　桜は長堤に満ち月は川に満つ
遠岸微風歌宛転　遠岸の微風に歌宛転す
誰家篷底弄三絃　誰が家の篷底にか三絃を弄ぶ(13)

自述詩　八（自述詩　八）
左家嬌女字蓮僊　左家に嬌としき女あり字は蓮僊
費我閑情賦百篇　我が閑情を費して百篇を賦す
三月富春城下路　三月富春城下の路
楊花如雪雪如煙　楊花雪のごとく雪けむりのごとし
【原注】十三歳秋遇某某有詩、不存集中（一三歳の秋某某に遇いて詩あれども、集中に存せず(14)）。

清新明快な詩風形成の要因

郁達夫が清新明快な詩風を形成した要因は次の三つだと考えられる。

まず、故郷からの影響が挙げられよう。郭沫若は郁達夫の詩について、「達夫の詩の清新さは、故郷の環境から客観的な影響を受けているのだ(15)」と指摘している。郁達夫の故郷富陽は風光明媚な地として広く知られている。富陽の美しい自然が詠み込まれた梁の呉均の「与朱元思書(16)」という文章を読んで、感銘を受けない中国人はいない。このように長い歴史を誇る美しい町で育った郁達夫にとって、詩の中に美しい景色を折り込むのは当然のことであっただろう。「自述詩」においては、主に富陽周辺の山水の風景や歴史上の人物などが描写の対象として取り上げられている。郁達夫の日本留学中における唯一の詩友であった富長覚夢師は、この点について次のように記している。

彼の「自述の詩」によれば、その生家は浙江省の富陽県に在ったことを述べている。この富陽の町を繞って溶々と流れているのが富春江。この江を西の方へさかのぼって行くと、そこが有名な厳陵灘。厳子陵が羊の毛衣を着込んで、悠然と釣糸を垂れた桐廬の跡は、ここに在る。その山川は、古くは秦漢の時代よりの史蹟や名所を伝えていて、しかもまことに景色のよい所であった。元来、浙江省という所が学問芸術の淵叢で、昔から多くの学者や詩人や画家が輩出した。文化の素地はまことに深くて、遠い所で、その浙江省の中の、しかも富陽の町に彼が生まれたということは、いわゆる山川の霊気が集まって、彼の情性や霊性を打成したと観るのは、なにも月並みの賛辞や見方ではなくて、これは当然の縁由であり、事実でもあったと私は確信している。(17)

次に、中国古典からの影響が挙げられる。彼が中国古典詩を愛誦していたことは前述したとおりであるが、郁達夫は、自らが作詩の参考にした書物について、次のように述べている。

私を真の作詩、作詞の道へと導いてくれたのは『留青新集』の中の「滄浪詩話」と「白香詞譜」であった。また、『西湖佳話』の中のすべての短編を、少なくとも二回以上読んだ。(18)

また、郁達夫は古典詩の中でも特に呉偉業（梅村）から大きな影響を受けた。次の作品にはその様子が具体的に述べられている。

自述詩　十二（自述詩　十二）

吾生十五無他嗜　　吾れ生まれて十五、他に嗜むなし
只愛蘭台令史書　　ただ蘭台令史の書を愛す
忽遇江南呉祭酒　　にわかに江南の呉祭酒に遇う
梅花雪裏学詩初　　梅花雪裏詩を学ぶの初めなり

【原注】十五歳冬去小学、奨得呉梅村詩集、読之、是予平生専心研求韵律之始、前此唯愛読両漢書耳（十五歳の冬小学を去るに、奨に呉梅村詩集を得て、これを読む、是れ予が平生専心韵律を研求するの始めなり、これより前はただ両漢書を愛読せるのみ）[19]。

呉偉業にも美しい風景を詠んだ清新な詩が多く、そこから判断して、郁達夫が呉偉業の作品から影響を受けたことは否定できないであろう[20]。例を挙げてみよう。

八月初三発東京、車窓口占別張、楊二子（八月初三東京を発ち、車窓口にて張、楊二子と別れるを占う）

蛾眉月上柳梢初　　蛾眉の月 柳梢に上る初め
又向天涯別故居　　又天涯に向かい 故居に別る
四壁旗亭争賭酒　　四壁の旗亭 争いて酒を賭く
六街灯火遠随車　　六街の灯火 遠く車に随う

乱離年少無多涙
行李家貧只旧書
夜夜蘆根秋水長
恁君南浦覓双魚

乱離の年少 多涙無く
行李家貧しく 只だ旧書のみ
夜夜蘆根に秋水長し
君を恁い 南浦に双魚を覓む[21]

郁達夫はこれを優れた作品として、他の人に自慢したことがある。[22] この詩からは呉偉業の影響を窺うことができる。

三番目には、郁達夫自身の芸術上の美意識が挙げられるであろう。郁達夫は風景詩を詠むにあたって、単なる自然の風景を描いただけではない。美しい風景描写の裏には淡い憂愁の情が滲んでいる。郁達夫は、芸術の最大の要素は「美」と「感情」であると述べている。[23] 彼の詩には、感情を自然界の美に移入し、調和させた作品が多く見られる。郁達夫の詩集には、こうしたすばらしい詩句をしばしば目にすることができるのである。

二、抒情詩

美しい景観の中の哀情

沈鬱な心情を飾らずに詠んだ抒情詩も、郁達夫の作品の中に大きな地位を占めている。彼の詩には、表面的には風光明媚な江南の景色を詠んでいても、実は作者の失望や苦痛や沈鬱などの心情を表している作品が多い。その生涯を不遇の連続のうちに送った郁達夫は、弱く脆い感情の持ち主であった。そうした性格により、どんな些細なことであっても、想像力を駆使して人の心を打つ作品を次々と生み出したのである。

村居雑詩五首　三（村居雑詩五首　三）
残秋天気最凄清　残秋天気 最も凄清たり
緩歩池塘夕照明　池塘緩歩すれば 夕照明らかなり
看到白雲帰岫後　看到す 白雲の岫に帰るの後
衡陽過雁両三声　衡陽 過雁 両三の声(24)

秋夜懐人七首　一（秋夜人を懐す七首　一）
鴻雁西来挿翅斜　鴻雁西より来たり 翅を挿すこと斜めに
秋風吹冷野蘆花　秋風吹きて 野の蘆花に冷やかなり
青山隠隠江南暮　青山隠隠たり 江南の暮
小杜当年亦憶家　小杜当年 亦た家を憶う(25)

「村居雑詩五首」第三首の「過雁」、「秋夜懐人七首」第一首の「鴻雁」には、作者の悲しい感情が表されている。中国古典詩には、このように寂しい感情を表現する作品がしばしば見られる。例として、唐の杜牧の作品を挙げてみよう。

泊秦淮（秦淮に泊す）　杜　牧

煙籠寒水月籠沙　　煙寒水を籠し 月沙を籠す
夜泊秦淮近酒家　　夜秦淮に泊し 酒家に近し
商女不知亡国恨　　商女 亡国の恨みを知らず
隔江猶唱後庭花　　江を隔て 猶お後庭花を唱す(26)

一方、次に挙げる郁達夫の詩は、清新な詩風に託して悲しい感情を詠った作品である。

屯渓夜泊（屯渓に夜泊す）

新安江水碧悠悠　　新安江水 碧にして悠悠たり
両岸人家散若舟　　両岸の人家 散りて舟の如し
幾夜屯渓橋下夢　　幾夜か屯渓 橋下の夢
断腸春色似揚州　　断腸す 春色揚州に似たるを(27)

この詩が、杜牧の「泊秦淮」を念頭に置いて詠まれたことは間違いないであろう。前半の二句には、新安江の風景が簡潔な筆致で描き出されている。そして通常ならば、後半の二句でその眺めの美しさを賛嘆することが多いが、この作品では美しい景観によって惹き起こされた悲しい感情が詠われている。美しい景観を通して哀れな感情を表現することにより、郁達夫は効果を収めたのである。このように、清新なイメージの中に悲しい感情を折り込むことによって、郁達夫は独特の詩風を創造した。

抒情的な詩風の特徴

郁達夫は自らの才能と技巧によって、絵画的な描写によって哀れな心情を寓意し、自然の美しさと作者の哀れな心情とを巧みに調和させた。彼は、景観の美しさを描写しながら、その中に哀情を折り込む手法を常用していた。この郁達夫の手法を分析してみると、次のような特徴を指摘することができよう。

まず、「芳草」「煙花」「黄梅雨裏」「紅豆」といった、人を考え込ませ、迷わせるようなことばが頻繁に用いられていることが挙げられる。

　不　知（知らず）

紅豆秋風万里思　　紅豆秋風 万里を思う
天涯芳草日斜時　　天涯芳草 日斜めなる時
不知彭沢門前菊　　知らず 彭沢門前の菊
開到黄花第幾枝　　黄花の第 幾枝まで開くを(28)

　奉答長嫂兼呈曼兄四首　三　柳梢明月黄昏後（長嫂に答える 兼ねて曼兄に呈す四首　三　柳の梢 明月 黄昏の後に）

垂教殷殷意味長　　垂教 殷殷として 意味長し
従今泥絮不多狂　　今従り 泥絮 多く狂わず
春風廿四橋辺路　　春風 廿四橋の辺の路
悔作煙花夢一場　　悔やむらくは 煙花 夢一場を作せしを(29)

西帰雑詠十首　四　車窓聞燕語（西帰雑詠十首　四　車窓に燕語を聞く）

緑樹蔭中燕子飛　　緑樹蔭中 燕子飛び

黄梅雨裏遠人帰　　黄梅雨裏 遠人帰る

青衫零落烏衣改　　青衫零落し 烏衣改まる

各向車窓嘆式微　　各車窓に向かい 式微を嘆く[30]

郁達夫は、このようなことばを用いることによって、読者に想像の余地を残しているのである。

次に、中国南方の地名や故事・風物などが題材として多く取り上げられていることが挙げられる。江南の柳、草、江、橋などは、郁達夫の作品においては哀れな色調を帯びて現れる。そして、蘭江、屯渓、西子湖、富春江などといった故郷の美しい風景も、郁達夫の目にはもの悲しい題材として映ったのである。風光明媚な江南の自然によって、郁達夫の詩風は作り上げられたといっても過言ではない。彼が清の黄景仁を崇拝していた理由もここにあった。[31]黄景仁は幼少から貧しく、その生涯は短かった（享年三四）が、詩に優れ、二千首を超える作品を残した。その詩には、哀れな心情を自然の風景に託して詠んだ作品が多かった。郁達夫の詩風には、黄景仁の哀れな詩風からの影響も窺うことができる。

また、哀れな感情を詠う詩風が、郁達夫の美に対する考え方と密接に関連していることも指摘できる。郁達夫は「炉辺独語」というエッセイにおいて、「悲哀の詞は工夫しやすい」、「悲哀には快楽より早くしかも切なく染まってしまう」と述べている。[32]こうしたことばからもわかるように、郁達夫は哀れな情緒と悲劇的な効果を追求していた。

そして、郁達夫が哀れな情緒を追求した要因として、彼自身の哀れな心理を挙げることができるであろう。郁達夫の一生は不幸の連続であった。不幸な体験によって、彼の頭の中は美しい色彩と沈鬱の色濃い情緒に満たされるようになった。こうした心理に、客観的な描写に託して感傷的な心情を表現する手法が合わさって、哀れな情緒に強く訴えかける作風が形成されたのである。

三、詠史詩

史実を比喩に用いて現在を詠む詠史詩も、郁達夫の詩において大きな割合を占めている。中国文学には、古くから詠史詩の系譜が存在していた。現存する郁達夫の作品のうち、もっとも古い「詠史三首」も詠史詩であった。(33) 郁達夫が歴史上の故事や人物を題材にして詠んだ作品の中から、例を挙げてみよう。

見碑文（碑文を見る）

山既玲瓏永亦清　　山既に玲瓏たりて 亦た永《とこしえ》に清し
東坡曾此訪雲英　　東坡 曾て此に雲英を訪う
如何八巻臨安志　　如何ぞ 八巻の臨安志
不記琴操一段情　　琴操 一段の情を記さざるや

【原注】玲瓏山寺琴操墓前翻閲新旧臨安県誌、都不見琴操事迹、但雲墓在寺東（玲瓏山寺琴操墓の前で新旧の臨安県誌を翻閲するも、都に琴操の事迹を見ず、但だ雲墓は寺の東に在り）。(34)

宋の蘇軾（東坡）は芸妓琴操を伴って臨安の玲瓏山を訪問し、風流な情事を楽しんだ。(35) しかし、よく知られた故事であるにもかかわらず、『臨安県誌』には、琴操については記載されていない。郁達夫は『臨安県誌』を読んで、「どうして八巻もある大部の県志に、この蘇軾の風流韻事が残されていないのか」と疑問を呈しているのである。平淡な筆致の中に洒脱で周到な気品を窺うことができる作品である。

毀家詩記　六（毀家詩記　六）

水井溝頭血戦酣　　水井溝頭 血戦酣なり
台児庄外夕陽曇　　台児庄外 夕陽曇る
平原立馬凝眸処　　平原馬を立て 眸を凝らす処
忽報奇師捷邳郯　　忽ち報ず 奇師邳郯[36]に捷つと

【原注】四月中、去徐州労軍、並視察河防、在山東、江蘇、河南一帯、冒烽火炮弾、巡視至一月之久。這中間、映霞日日有郵電去麗水、促許君来武漢、我亦不知其中経過。但後従一封許君来信中推測、則因許君又新恋——未婚之女士、与映霞似漸漸有了疏遠之意（四月中、徐州を去りて軍を労い、並びに河の防を視察して、山東、江蘇、河南一帯に在り、烽火炮弾を冒し、巡視すること一月の久しきに至る。這の中間、映霞日日郵電有るをもって麗水を去り、許君を促して武漢に来たらしむるも、我亦た其の中の経過を知らず。但し後に一封の許君の来信中より推測するに、則ち許君又た新たに——未婚の女士に恋するに因り、映霞と漸漸疏遠の意有るに似るか、と）[37]。

この作品では、郁達夫は雄壮で絵画的な描写を試みている。戦争の激しさが「夕陽」ということばで、草原の広大さが「平原立馬」ということばで表されている。雄渾・壮麗なイメージを通して、作者の気魄を窺うことができよう。郁達夫のこのような詩風は、杜牧からの影響によるものであった。郁達夫は杜牧の詩から影響を受けたばかりではなく、生活の面においても杜牧の影響を受けている。彼の詩には、杜牧に触れた句がいくつか見られる。以下にその例を挙げてみよう。なお、杜牧を指した語には傍点を付した。

登日和山口占一絶（日和山口に登りて一絶を占める）

伊勢湾頭水拍天　伊勢湾の頭　水天を拍ち
日和山下女如泉　日和山の下　女泉の如し
嬉看我学揚州杜　嬉び看る　我揚州の杜を学ぶを
題尽西川十万箋　題を尽くす　西川十万の箋[38]

偕某某登嵐山（某某と偕に嵐山に登る）

不怨開遅怨落遅　開遅を怨まず　落遅を怨む
看花人正病相思　看花の人　正に相思の病い
可憐逼近中年作　憐れむべし　中年に逼近せる作
都是傷心小杜詩　都て是れ　小杜を傷心する詩
煙景又当三月暮　煙景　又た三月の暮に当たる
多情虚負五年知　多情の虚　五年を負うを知る
嵐山027有閑田地　嵐山　027お閑かに田地あり
願向叢林借一枝　叢林に向かいて一枝を借りるを願う[39]

病後訪担風先生有贈（病後 担風先生を訪ねて贈有り）

冉冉浮雲日影黄　冉冉たる浮雲 日影黄ばみ
人従病後気蒼涼　人病後によりて 気蒼涼とす
烽煙故国家何在　烽煙 故国 家何くにか在らん
知己窮途誼敢忘　知己 窮途に敢えて誼を忘れず
略有狂才追杜牧　略 狂才 杜牧を追う有るも
絶無功業比馮唐　絶えて 功業の馮唐に比す無し(40)

論詩絶句寄浪花　四（詩絶句を論じて浪花に寄せる　四）

惨緑啼紅憶六朝　惨緑 啼紅 六朝を憶う
韓文杜句想風標　韓文 杜句 風標を想う
銷魂一巻樊川集　銷魂す 一巻樊川集
明月揚州廿四橋　明月の揚州 廿四橋(41)

また、杜牧の表現に触発され、これに共鳴し、意識的にそれを採り入れた作品もある。次に、杜牧の作品と比較して例を挙げてみる。

遺　懐（懐いを遺る）　杜　牧

落拓江南載酒行　江南に落拓し 酒を載せて行く

楚腰繊細掌中軽　　楚腰繊細にして 掌中に軽し
十年一覚揚州夢　　十年一覚む 揚州の夢
占得青楼薄幸名　　占い得たり 青楼薄幸の名(42)

自述詩　十一（自述詩　十一）　郁達夫
幾度滄江逐逝波　　幾度か滄江逝波を逐う
風雲奇気半銷磨　　風雲の奇気半ば銷磨す
揚州夢醒無聊甚　　揚州の夢醒めて無聊なること甚だし
拼向湖亭学酔歌　　ままよ湖亭に向かって酔歌を学ばん
【原注】是歳冬題詩春江第一楼壁、詩不存集中、有惜花心事終何用、一寸柔情一寸灰句（是の歳の冬詩を春江第一楼の壁に題す、詩は集中に存せざるも、花を惜しむの心事は終いに何の用ぞや一寸の柔情一寸の灰の句あり(43)）。

さらに、杜牧の句をそのまま使用した作品もある。次に、杜牧の作品と並べて例を挙げてみる。

題烏江亭（烏江亭に題す）　杜　牧
勝敗兵家事不期　　勝敗 兵家期せぬ事なり
包羞忍恥是男児　　羞を包みて恥を忍ぶが男児なり
江東子弟多才俊　　江東子弟 才俊多く
巻土重来未可知　　巻土重来 未だ知るべからず(44)

廿八年元旦因公赴檳榔島、聞有汪電主和之謡、車中賦示友人　郁達夫
（廿八年元旦公に因りて檳榔島に赴く、汪電有るを聞きて主に之の謡に和し、車中に賦して友人に示す）

飛車高臥過垂虹　飛車高く臥して垂虹を過ぐ
草駅灯昏似夢中　草駅灯昏く夢中に似たり
許国敢辞千里役　国を許し敢えて千里の役を辞し
忍寒還耐五更風　寒を忍び還た五更風に耐う
神州旧恨遺徐福　神州の旧恨 徐福に遺す
南粤新謡怨蒯通　南粤の新謡 蒯通を怨む
巻土重来応有日　巻土重来 まさに日有るべし
俊豪子弟満江東　俊豪の子弟 江東に満つ(45)

詠史詩においても、郁達夫は杜牧の詠史詩から影響を受けていた。杜牧の詠史詩においては、必ずしも史実について詠むことが主眼とはなっていない。現実の政治や社会についての自己の要望や志を述べるための素材として、史実を用いているといった面が強い。郁達夫にも、歴史上の人物の行為に託して自己の主張を述べた詩が数多く存在している。取り上げた人物の行為に対しては、批判的であるよりも、同情的、賛美的で、憧憬のまなざしを窺うことができる。

また、杜牧の詩には、仮説によって提起した問題を論じるという手法をしばしば見ることができる。郁達夫もこの手法を愛用していた。例を挙げてみよう。

赤　壁（赤　壁）杜　牧

折戟沈沙鉄未銷　折戟沙に沈み 鉄未だ銷せず
自将磨洗認前朝　自ら将を磨き洗い 前朝を認める
東風不与周郎便　東風 周郎の与に便ならず
銅雀春深鎖二喬　銅雀 春深くして二喬を鎖す(46)

詠史三首　三（詠史三首　三）郁達夫

馬上琵琶出塞吟　馬上の琵琶 出塞の吟
和戎端的愛君深　戎和やか 端的に深く君を愛す
当年若賂毛延寿　当年 若し毛延寿に賂せば
哪得詩人説到今　哪ぞ詩人の説きて今に到るを得ん(47)

郁達夫が「詠史三首」第三首の第三句、第四句を作詩するにあたって、杜牧「赤壁」の第三句、第四句を念頭に置いていたことは明らかであろう。

以上、郁達夫の詩を三つのジャンルに分けて概観してみたが、多くの遺漏もあることと思う。今回取り上げることができなかった詩の特徴は別稿に譲ることにしたい。

【注】

（1）『郁達夫詩詞集』（浙江文芸出版社、一九八二年）参照のこと。
（2）郁達夫「五六年来創作生活的回顧」『文学週報』第五巻第一〇号、一九二七年。後に「『過去集』代序」と改題して、『過去集』（上海開明書店、一九二七年）に収録。
（3）稲葉昭二『郁達夫――その青春と詩』（東方書店、一九八二年）による。
（4）鄭子瑜「郁達夫詩出自宋詩考」（『郁達夫研究資料』花城出版社、一九八五年）参照のこと。
（5）『郁達夫詩詞集』（注（1）前掲）による。初出は郁達夫「西游日録」（『申報・自由談』一九三四年四月一三日、一四日、一六日、二一日、二三日、二五日）。後に『民国日報・越国春秋』第六二号（一九三四年）に収録。
（6）『郁達夫詩詞集』（注（1）前掲）による。初出は『新愛知新聞』第九三一二号（一九一七年）。
（7）『郁達夫詩詞集』（注（1）前掲）による。
（8）『郁達夫詩詞集』（注（1）前掲）による。初出は『新愛知新聞』第九五二九号（一九一八年）。
（9）『郁達夫詩詞集』（注（1）前掲）による。
（10）稲葉昭二『郁達夫――その青春と詩』（注（3）前掲）による。
（11）稲葉昭二『郁達夫――その青春と詩』（注（3）前掲）。
（12）『郁達夫詩詞集』（注（1）前掲）による。初出は郁達夫「西游日録」（注（5）前掲）。
（13）稲葉昭二『郁達夫――その青春と詩』（注（3）前掲）による。初出は『校友会雑誌』第一九号（名古屋第八高等学校、一九一七年）。
（14）稲葉昭二『郁達夫――その青春と詩』（注（3）前掲）による。
（15）郭沫若「達夫詩的清麗是受故郷客観環境影響的」『郁達夫詩詞集鈔』浙江文芸出版社、一九八一年。
（16）『銭塘先賢伝』第五巻に収録。
（17）冨長覚夢「富陽」、稲葉昭二『郁達夫――その青春と詩』（注（3）前掲）付録一。
（18）郁達夫「孤独者――自伝之六」『人間世半月刊』第二三号、一九三五年。
（19）稲葉昭二『郁達夫――その青春と詩』（注（3）前掲）による。
（20）黄天驥「論呉梅村的詩風与人品」（『文学評論』一九八五年第二号）参照のこと。

（21）『郁達夫詩詞集』（注（1）前掲）による。初出は『神州日報・神皋雑俎・文苑』（一九一五年）。
（22）郁雲「愛国詩人郁達夫」（『榕樹文学叢刊』一九八二年第二号）参照のこと。
（23）郁達夫「芸術与国家」（『文芸論集』上海光華書局、一九二六年）参照のこと。
（24）『郁達夫詩詞集』（注（1）前掲）による。初出は『校友会雑誌』第一六号（名古屋第八高等学校、一九一五年）。初出時には「春江釣徒」という筆名で発表された。
（25）『郁達夫詩詞集』（注（1）前掲）による。「旧暦九月一五日夜対月有懐」という題名もある。
（26）劉逸生『杜牧詩選』（生活・読書・新知三聯書店香港分店、一九八〇年）による。
（27）『郁達夫詩詞集』（注（1）前掲）による。初出は郁達夫『東南攬勝』（全国経済委員会東南五省交通周覧会初版、一九三四年）。後に『民国日報・越国春秋』第六三号（一九三四年）に収録。「宿屯渓」という題名もある。
（28）『郁達夫詩詞集』（注（1）前掲）による。
（29）同右。
（30）『郁達夫詩詞集』（注（1）前掲）による。初出は『新愛知新聞』第九三五二号（一九一七年）。
（31）一九二二年一一月、郁達夫は黄景仁の功績を讃えるため、黄景仁を主人公にした小説「采石磯」を著した。
（32）郁達夫「炉辺独語」『申報・自由談』一九三三年一月一八日、一九日。
（33）「詠史三首」の作詞時期は一九一一年、郁達夫は一五歳であった。
（34）『郁達夫詩詞集』（注（1）前掲）による。初出は郁達夫「西游日録」（注（5）前掲）。後に『民国日報・越国春秋』第六三号（注（5）前掲）に収録。
（35）毛子晋「東坂筆記」（『郁達夫詩詞集』、注（1）前掲）による。
（36）「邳」は江蘇省の地名、「郯」は山東省の地名。
（37）『郁達夫詩詞集』（注（1）前掲）による。
（38）同右。
（39）同右。
（40）『郁達夫詩詞集』（注（1）前掲）による。初出は『新愛知新聞』第九八二九号（一九一八年）。

(41)『郁達夫詩詞集』(注(1)前掲)による。初出は『神州日報・文芸倶楽部・文苑』(一九一六年)。
(42)劉逸生『杜牧詩選』(注(26)前掲)による。
(43)稲葉昭二『郁達夫——その青春と詩』(注(3)前掲)による。
(44)劉逸生『杜牧詩選』(注(26)前掲)による。
(45)『郁達夫詩詞集』(注(1)前掲)による。
(46)劉逸生『杜牧詩選』(注(26)前掲)による。
(47)『郁達夫詩詞集』(注(1)前掲)による。初出は『神州日報・神皋雜俎・文苑』(一九一五年)。

【資料】郁達夫小説一覧（付・一九三四年の創作中断について）

郁達夫が著した小説は以下の四七篇である。(1)

①「銀灰色的死」『時事新報・学灯』一九二一年七月七日～九月一三日
②「沈淪」、郁達夫『沈淪』創造社叢書第三種、上海泰東書局、一九二一年
③「南遷」、郁達夫『沈淪』創造社叢書第三種、上海泰東書局、一九二一年
④「友情与胃病」『平民週刊』第七四号～第七七号、一九二一年　＊後に「胃病」と改題
⑤「茫茫夜」『創造季刊』第一巻第一号、一九二二年
⑥「風鈴」『創造季刊』第一巻第二号、一九二二年　＊後に「空虚」と改題
⑦「春潮」『創造季刊』第一巻第三号、一九二二年　＊未完
⑧「血涙」『時事新報・学灯』一九二二年八月八日～一三日
⑨「采石磯」『創造季刊』第一巻第四号、一九二二年
⑩「蔦蘿行」『創造季刊』第二巻第一号、一九二三年
⑪「青煙」『創造週報』第八号、一九二三年
⑫「還郷記」『中華新報・創造日』第二号、一九二三年

⑬「還郷後記」『中華新報・創造日』第二四号～第二八号、一九二三年
⑭「秋河」『創造週報』第一五号、一九二三年
⑮「落日」『創造週報』第一九号、一九二三年
⑯「人妖」『晨報副鐫・晨報五周年紀念増刊』一九二三年　＊未完
⑰「春風沈酔的晩上」『創造季刊』第二巻第二号、一九二四年
⑱「薄奠」『太平洋』第四巻第九号、一九二四年
⑲「十一月初三」『現代評論週刊』第一号～第四号、一九二四年
⑳「秋柳」『晨報副鐫』一九二四年一二月一四日、一六日、二四日
㉑「寒宵」『創造月刊』第一巻第一号、一九二六年
㉒「街灯」『創造月刊』第一巻第一号、一九二六年
㉓「懐郷病者」『創造月刊』第一巻第二号、一九二六年
㉔「離散之前」『東方雑誌半月刊』第二三巻第一号、一九二六年
㉕「煙影」『東方雑誌半月刊』第二三巻第八号、一九二六年
㉖「過去」『創造月刊』第一巻第六号、一九二七年
㉗「清冷的午後」『洪水半月刊』第三巻第二六号、一九二七年
㉘「考試」『教育雑誌月刊』第一九巻第七号、一九二七年　＊後に「微雪的早晨」と改題
㉙「祈願」、郁達夫『過去集』上海開明書店、一九二七年
㉚「二詩人」『小説月報』第一八巻第一二号、一九二七年、『北新半月刊』第二巻第一〇号、一九二八年(2)
㉛「迷羊」『北新半月刊』第二巻第一号～第五号、一九二八年　＊未完

㉜「盂蘭盆会」『大衆文芸月刊』第一号、一九二八年　＊後に「逃走」と改題
㉝「在寒風里」『大衆文芸月刊』第四号、一九二八年
㉞「紙幣的跳躍」『北新半月刊』第四巻第一二号、一九三〇年　＊㉕「煙影」の続篇
㉟「没落」『草野週刊』第一一・一二号、一九三〇年　＊未完
㊱「楊梅焼酒」『北新半月刊』第四巻第一三号、一九三〇年
㊲「十三夜」『北新半月刊』第四巻第一七号、一九三〇年
㊳「蜃楼」『青年界』第一巻第一号〜第三号、一九三一年
㊴『她是一個弱女子』上海湖風書店、一九三二年
㊵「馬纓花開的時候」『現代月刊』第一巻第四号、一九三二年
㊶「東梓関」『現代月刊』第二巻第一号、一九三二年　＊㉕「煙影」、㉞「紙幣的跳躍」の続篇
㊷「遅桂花」『現代月刊』第二巻第二号、一九三二年
㊸「碧浪湖的秋夜」『東方雑誌月刊』第三〇巻第一号、一九三三年
㊹「瓢児和尚」『新中華月刊』創刊号、一九三三年
㊺「遅暮」『文学月刊』創刊号、一九三三年
㊻「唯命論者」『新小説月刊』第一巻第二号、一九三五年
㊼「出奔」『文学月刊』第五巻第五号、一九三五年

付・一九三四年の創作中断について

郁達夫は一九二一年から一九三五年までに合計四七篇の小説を発表した。その間には、多数の作品を発表した年も

あれば、まったく作品を発表しなかった年もある。ここでは、一九三四年に郁達夫が小説を発表しなかった理由について述べてみたい。

郁達夫は一九三二年には四篇の小説を執筆し、旺盛な創作意欲を示していた。しかし、この年の四月二〇日、国民党によって『她是一個弱女子』が「プロレタリア文学」と認定され、発禁処分を受けた。陳子善・王自立によれば、「中篇小説『她是一個弱女子』は『左聯』主催の上海湖風書店より出版されたが、間もなく国民党によって発禁とされた。一二月に現代書店が紙型を譲り受けて再版した(3)」。しかし、一九三三年一二月に国民党がさらに厳重な方針を打ち出すと、一二月二〇日にまたもや発禁とされたので、内容を一部削除し、『饒了她』と改題して、再び上海の現代書店より出版した。この改訂版の扉には次のような声明文が印刷されていた。「本書の原題は『她是一個弱女子』である。内政部警字第四三三号による検閲を受け、指示に従って削除・改訂・改題した上で、内政部に登録を申請して発行を許諾された(4)」。しかし、一九三四年にこの作品は「政府を中傷している」という罪状で、またもや発禁処分を受けた。結局『她是一個弱女子』は二回の発禁処分を受けた。そうしたわけで、郁達夫は一九三四年に作品を発表しなかったのである。

一九三四年に作品を発表しなかったもう一つの原因は、郁達夫が厳しい批判を受けたためであった。例えば、杜衡は『她是一個弱女子』について、「これは依然として猥褻な作品だ」、「弱い女はまったく色情に支配された奴隷だ」と述べた(5)。郁達夫をもっとも厳しく批判したのは女流作家の蘇雪林で、彼女は「『可譚集』は『売淫文学』の集大成」、「郁氏は頽廃派作家と称されているが、西洋の頽廃派のような技巧はない。伝統的な思想や固有の道徳と相容れない思想を利用し、読者の神経を刺激して、注意を惹いているにすぎない(6)」と述べた。蘇雪林は、『她是一個弱女子』が再度の発禁処分を受けた件に関与していると考えられている(7)。

小説を発表しないことについて、郁達夫本人は次のように述べている。「最近ある女流作家が中央（国民党政府――

筆者注）に次のように訴えた。某某のような頽廃的で下品で劣悪な作家のすべての作品を発禁処分としなければならない。彼を三千里の外に追放し、小説を執筆することを永遠に禁じ、洪水や猛獣のように中国を闊歩することをやめさせれば、新生活を実行し自分が強くなるように図ることができる、と。この説によると、東北の四つの省の陥落、賄賂を貪る悪役人の輩出、天災人災の続発などは、すべていくつかの区々たるつまらない小説に原因があるようだ。……だから、ここ数年、私は小説を書かないことにした。……私の場合、生活のために書かなければならない。それ以外は何もない。そこで、去年と今年の二年間は、互いに関連のない旅行記をいくつか執筆していた。しかし、この女流作家によると、私は旅行記を書いても罪になるらしい。そこで、旅行記さえも書かないことにした。……そうした折に本屋が、去年の春から現在にわたる私の自伝を出版したいといってきた」(8)。ここで「女流作家」というのは蘇雪林のことである。蘇は一九四九年に香港に移り、一九五二年には台湾に定住した。

上に引用した文章から、郁達夫が一九三四年に小説を発表しなかった理由が二つあったことがわかると思う。一つは政治的な圧力によるものであり、もう一つは言論界からの圧力によるものである。

【注】

（1）なお、陳子善・王自立編『郁達夫研究資料』（花城出版社、生活・読書・新知三聯書店香港分店、一九八五年）によれば、「一九一九年一一月、元名古屋第八高等学校の日本人同窓生石谷武雄など四人で日本語の文学雑誌『寂光』（または『凝視』）の刊行を計画した。創刊号に小説「円明園の夜」を掲載する予定であったが、経費不足などの理由で実現しなかった」。しかし、「円明園の夜」という小説は知られておらず、他の資料にも触れられていない。陳・王両氏によって初めて取り上げられたものであると思われる。

（2）『小説月報』第一八巻第一二号（一九二七年）に掲載された「滴篤声中」と、『北新半月刊』第二巻第一〇号（一九二八年）に掲載された「到街頭」を、郁達夫『薇蕨集』（上海開明書店、一九二八年）に収録する際に合わせて一篇とした。

（3）陳子善・王自立編『郁達夫研究資料』（注（1）前掲）。

（4）同右。
（5）杜衡「她是一個弱女子」、鄒嘯編『郁達夫論』上海北新書局、一九三三年。
（6）蘇雪林「郁達夫論」『文芸月刊』第六巻第三号、一九三四年。
（7）于聴『郁達夫風雨説』浙江文芸出版社、一九九一年。
（8）郁達夫「所謂自伝也者」『人間世半月刊』第一六号、一九三四年。

初出一覧

本書に収録した各篇は、（　）内に記した論文がもとになっている。ただし、本書に収録するにあたって、大幅な改訂を施したことを付言しておく。

Ⅰ　郁達夫の小説の特徴（「郁達夫と日本文学」『相浦杲先生追悼中国文学論集』相浦杲先生追悼中国文学論集刊行会発行、東方書店発売、一九九二年）

Ⅱ　郁達夫の小説と日本文学（前掲「郁達夫と日本文学」、および「郁達夫の小説」『阪南論集』人文・自然科学編、第二九巻第二号、阪南大学、一九九三年）

Ⅲ　郁達夫の小説における美学と作風の変遷（前掲「郁達夫の小説」）

Ⅳ　郁達夫の小説における感傷（前掲「郁達夫の小説」）

Ⅴ　郁達夫の日記について（「郁達夫の日記研究（一）」『阪南論集』人文・自然科学編、第三四巻第二号、阪南大学、一九九八年）

Ⅵ　郁達夫と西洋文学（「郁達夫の日記研究（二）」『阪南論集』人文・自然科学編、第三四巻第四号、阪南大学、一九九九年）

Ⅶ　郁達夫における西洋の哲学・文学理論の受容（「郁達夫における外国思想・文化の受容」『言語と文化』第三号、甲南大学、一九九九年）

Ⅷ　郁達夫の詩について（「郁達夫詩試論」『阪南論集』人文・自然科学編、第二九巻第四号、阪南大学、一九九四年）

あとがき

初めて郁達夫の作品を読んだのは、確か中学校一年生のときであった。当時、郁達夫の作品は図書館には置かれていなかった。仲のよい先輩から「郁達夫の『沈淪』を読まないか」と勧められ、こっそり借りてきたのである。短編小説集だったということもあり、その日のうちに読んでしまい、大きな感動を味わった。そして、一気に三回も読み返した。

大学に進学した私は、もともと小説が好きだったということもあり、外国語・外国文学部で日本語・日本文学を専攻した。そして郁達夫の作品を通して、日本および日本人のことを理解しようと考え、大学の図書館で郁達夫の作品集を借りてきて、本格的に読み始めた。読んでいくうちに、衝撃を受けるとともに、彼が作品に取り上げた日本像・日本人像に理解できないところが生じてきた。郁達夫の作品だけではなく、もっと多くの作品を読み、かつ日本語で日本の文化や文学を理解しなければならないと考えた。手始めに、郁達夫が作品で取り上げた日本人作家の作品を読もうと思い、日本の友人から佐藤春夫の『田園の憂鬱』を送ってもらった。『田園の憂鬱』を読んで、郁達夫の「沈淪」と酷似していることに気がつき、比較文学の視点から日中文学の比較研究を志すようになった。これが、私が郁達夫の作品、佐藤春夫の作品、日本文学と関わるようになった始まりである。

本書に収められている論文は、大学の紀要などに発表した日本語の論文がもとになっている。未熟なものではあるが、この度、専門家に教えを請うつもりで上梓することにした。出版にあたっては、恩師の故相浦杲先生、山田敬三先生を始め、多くの方々のお世話になった。特に、東方書店出版部の加藤浩志氏からは多くのご尽力を賜った。また、私のぎこちない文章を整理して下さった阿部哲氏にも心からお礼を申し上げる次第である。

なお、拙著は甲南学園伊藤忠兵衛基金出版助成金による出版物であることを明記しておく。

二〇〇三年二月

胡　金　定

著者略歴

胡金定（こ　きんてい、Hu Jin Ding）

1956年中華人民共和国福建省漳州市生まれ。厦門大学卒業。厦門大学専任講師（日本語・日本文学担当）を経て、1985年来日。大阪外国語大学大学院修士課程、神戸大学大学院博士課程修了。現在、甲南大学国際言語文化センター教授（中国語学、日中比較文学、日中比較文化専攻）。編書に『走向文化詩学』（共編、中国福建教育出版社）、訳書に『陶瓷之路』（共訳、中国古外銷陶瓷研究会出版。三上次男『陶磁の道』の中国語訳）、『悪魔的盛宴』（共訳、中国福建人民出版社。森村誠一『悪魔の飽食』の中国語訳）がある。

郁達夫《いくたっぷ》研究《けんきゅう》

二〇〇三年二月二〇日　初版第一刷発行

著　者●胡金定
発行者●山田真史
発行所●株式会社東方書店
東京都千代田区神田神保町一－三 〒一〇一－〇〇五一
電話〇三－三二九四－一〇〇一
営業電話〇三－三二三三－一〇〇三
振替東京〇〇一四〇－四－一〇〇一
装　幀●株式会社知覧俊郎事務所
印刷・製本●株式会社平河工業社

定価はカバーに表示してあります

ISBN4-497-20302-6 C3097

東方書店出版案内

胡風追想　往事、煙の如し
梅志著／関根謙訳／二千人にのぼる摘発者を出し、中国文学界最大の冤罪事件といわれた胡風事件。おのれの信念のために反革命の烙印をおされ二五年の獄中生活を送った文学者の妻がつづった、愛と受難の記録。一八四五円（税別）

現代中国の政治と文学　批判と粛清の文学史
小山三郎著／一九三〇年代の国防文学論争から毛沢東「文芸講話」と延安整風運動、胡風事件、反右派闘争を経て文化大革命へ、中国文学の流れを創作の自由を求める作家たちと中国共産党の対立を通じて概観。三三〇一円（税別）

台湾新文学と魯迅
中島利郎編／国民党政権下で長らくタブーとされてきた魯迅と、日本統治下で日本語による著述を行い、戦後も苦難の歴史を歩んだ台湾人作家たち。両者を関連付けながら台湾の文学状況を再検証する。二〇〇〇円（税別）

よみがえる台湾文学　日本統治期の作家と作品
下村作次郎・中島利郎・藤井省三・黄英哲編／一九九四年に台湾・清華大学で開催されたシンポジウムに基づく論文二〇篇。戦前と戦後を通した一世紀を視野に入れた台湾文学の原点を再発見、再評価する書。四〇七八円（税別）

台湾文学この百年
藤井省三著／台湾文学の原点たる戦前期から、ナショナリズムの台頭、台湾アイデンティティの形成へと急傾斜しつつある近年に至る過程の社会史的分析を軸に、台湾文学とは何かを問う。東方選書32／一六〇〇円（税別）